MARTIX L'HUMAIN

ET

MARTIX LA MECANIQUE

Pierre DABERNAT

MARTIX L'HUMAIN

ET

MARTIX LA MECANIQUE

ROMAN

A tous les hommes je le professe
Il ne vous reste que l'ivresse
Il ne vous reste que l'amour
Pour oublier ce monde fou

Un moment d'inattention et le cellulo Martix 2501 sortit du couloir aérien qui serpentait à cinquante mètres au-dessus du chaos granitique qui entourait la ville de Massie, nichée sur une des nombreuses îles de la mer Bleue.
L'engin se prenait en charge.

Martix l'humain sous le coup d'une grande fatigue venait de sombrer dans un sommeil profond. Les deux mille kilomètres qu'il venait de parcourir d'une seule traite c'était trop. Malgré les conseils de prudence il ne s'était pas arrêté. Pressé d'arriver chez lui. De se rejoindre.
Martix la mécanique profita de l'aubaine. Il accéléra et grimpa haut dans le ciel. Vers la lune qui s'enfonçait au loin dans un oreiller nuageux rouge vif. La mer scintillait. Vaste couverture tramée de paillettes noires, vertes et oranges. Il sentait dans le plus profond de ses entrailles électroniques une ivresse nouvelle l'envahir. Celle de la liberté. D'aller sans contrainte. Sans ordre à exécuter.
Martix l'humain dormait paisiblement tandis que Martix la mécanique prenait le large pour la première fois de son existence. Normalement dès les premiers limbes de sommeil une alarme prenait le relais. La rapidité automatiquement tombait. Le programme choisi était maintenu jusqu'au terme du voyage. Jusqu'à ce que le cellulo mobile rejoigne le cellulo sédentaire au sommet de l'immense tour argentée de deux cent cinquante étages dans le bloc principal de son lieu de résidence définitive.

Le soleil disparut de l'horizon pourpre. La nuit enveloppa l'immensité de la mer. La température était clémente. La saison s'y prêtait.
La robe de métal du cellulo marquetée de lumières sautillantes et innombrables traçait dans le ciel une courbe dorée qui se distinguait à l'autre bout de l'horizon. Ce soir il n'y avait pas beaucoup de monde. Au loin, une autre cicatrice blanche signalait le passage d'un deuxième cellulo. Ceux qui étaient autorisés à se déplacer hors de la cité, le long des tracés officiels, étaient peu nombreux. Quelques privilégiés à peine.

Le métal dans l'obscurité brillait fortement et le halo de lumière vive qu'il projetait autour de lui permettait à son occupant d'y voir à l'intérieur comme en plein jour. Aucun réglage n'était nécessaire. L'intensité variait suivant le degré de l'énergie extérieure capturée par le cellulo. Martix la mécanique enregistrait grâce à elle des données que Martix l'humain ne pouvait discerner.

Martix la mécanique se passa des séquences. Des dessins complexes aux couleurs multicolores. Un chatoiement de courbes divinement équilibrées ainsi que des signes mystérieux qui se succédaient avec un enchaînement extraordinaire. Une véritable symphonie qui lui procurait un plaisir ineffable. Voler ainsi au hasard… Cela le reposait. Martix l'humain était souvent trop exigent.

Mais d'où lui venait sa lucidité présente ? L'ordinateur général, le compensateur, c'est-à-dire sa conscience, son moi intérieur, lui souffla une idée. Une idée recueillie parmi des milliards de données. Un éclair avait jailli.

Révolution.

Son vol, alors, à cet instant d'extase suprême s'infléchit en direction de la lune. Il n'était déjà plus dans l'atmosphère. Cette zone était interdite. Mais de cela non plus il n'en avait cure. Son compteur était maintenant stabilisé. Il croisa une vieille station abandonnée et le cadran enregistra aussi le nom de l'épave : Mir 355. Cela ne voulait rien dire.

L'homme choisit ce moment précis pour se réveiller. Il s'étira comme un animal paresseux. Le siège de sa couchette se releva lentement de la même façon qu'il s'était déplié dès qu'il s'était endormi. Le siège était un autre élément de Martix la mécanique. Sa volonté était de nouveau soumise aux ordres de son occupant : Martix l'humain. Son voyage était annulé.

A l'intérieur de la boule les parois étaient transparentes. La vision panoramique de la terre colorée, les eaux turquoises, les territoires bouleversés par des canyons énormes ou envahis par de nouvelles forêts luxuriantes, le matelas des nuages gris et toxiques, ce paysage fou et magnifique, laissèrent indifférent Martix l'humain. Il y avait longtemps qu'il était blasé.

Il n'avait jamais aimé le présent. Il vivait dans le passé. Mais surtout en cette minute, il ne comprenait pas ce qui lui arrivait. Pourquoi avait-il changé d'avis ? Il était pressé de se rejoindre. Et dans le même temps de cette pensée, le cellulo reprit la direction de la terre.

Plus tard, la ville de Massie se détacha sous sa ceinture protectrice, invisible pour un œil humain. Martix la mécanique s'employa à la rendre fluorescente pour que Martix l'humain puisse visualiser l'approche finale. Il demanda la permission d'entrer en utilisant le code prévu à cet usage. Une ouverture lui fut attribuée. Il survola au ralenti la cité, tournoya au-dessus de la forêt des plaisirs, et vint se ranger devant une grande tour. La sienne. La fatigue revenait. Il était temps.

Le cellulo, suivant l'impulsion de son cerveau, grimpa jusqu'à l'étage 193. Il s'immobilisa en vol stationnaire devant l'entrée parfaitement ronde. Un panneau s'ouvrit et la boule vint s'encastrer dans la niche sans le moindre effleurement dans le cellulo mère. Enfin il s'était rejoint.

Doucement, le siège bascula. Il replongea dans les bras de Morphée.

Il reprit son activité de bonne heure. La partie supérieure du cellulo mobile s'était soulevée et demeurait immobile au-dessus de lui. Accroché au plafond comme un vaste chapeau. Un luminaire gigantesque. Il avait soif. Aussitôt son siège qui avait repris sa position normale se souleva, et vint se positionner devant une espèce de bar d'un bleu cobalt. Martix l'humain appuya sur un bouton. Une coupe remplie d'une boisson noire fit son apparition. L'odeur était forte. Le goût manquait de piquant comme dans sa première enfance. Mais il adorait cela. Il but avidement puis jeta le récipient dans un trou recycleur prévu à cet effet.

Il eut une pensée fugitive pour Manaella mais il était encore trop tôt. Installé devant son écran de travail, il examina ses mains extrêmement longues, aux doigts doués d'une très grande agilité, posées bien à plat sur le comptoir lustré, protégées par la peau microscopique dont son corps était recouvert. Martix s'enferma dans ses pensées. Pourquoi sa partie mécanique lui avait-elle désobéi ?

Aujourd'hui, il avait un cours d'histoire à donner. Ses élèves étaient très exigeants. Il devait se préparer. Se concentrer.
Il éprouva ensuite le besoin de se nettoyer. Le siège se déplaça dans un silence respectueux, à cinquante centimètres du sol, et s'arrêta devant une niche dans le mur. Martix l'humain attendit. Le siège doucement, délicatement, bougea et se transforma jusqu'à devenir plat, droit, obligeant ainsi son occupant à se raidir, à se mettre debout, en définitive à se séparer. Cela demandait un effort important mais heureusement relativement rare pour la plupart. La période entre deux séances pouvait être extrêmement longue puisque la peau subvenait naturellement à l'hygiène du corps. Les ongles des mains et des pieds étaient traités par désintégration par un processus chimique qui suintait sans gêne aux bout des doigts. Quant aux besoins naturels il en était de même. Ces peaux étaient opérationnelles depuis plusieurs siècles. Elles avaient contribué à améliorer le confort quotidien.
Sur ses jambes grêles à peine musclées, pourvues de pieds fragiles qui ne travaillaient quasiment jamais, Martix l'humain s'assura de son centre de gravité puis il se lâcha. Ce n'était pas évident. Ne plus utiliser les rampes murales qui servaient à se maintenir droit durant l'opération était devenu pour lui comme un jeu.

Il ferma le panneau. Une lumière rose, douceâtre, animée, remplaça l'obscurité. Une musique aux notes câlines le pénétra en même temps que la vapeur mêlée à son savon préféré aux senteurs de jasmin. Ensuite l'enveloppe blanche, combinaison qui épousait son corps se désintégra. Chaque recoin de sa peau fine et fragile fut lavé, régénéré, massé. Son crâne astiqué. Quand la musique se termina, la vapeur avait cessé.
Le cellulo sédentaire, fit descendre du plafond une cloche de protection qui recouvrit entièrement la tête et qui se positionna

parfaitement avec la base du cou et des épaules. Une odeur puissante envahit rapidement ses narines tandis qu'une nouvelle peau protectrice recouvrait le reste de son corps. Comme un filet surgi de nulle part qui s'abattrait et qui moulerait les formes de sa proie.

Quand la cloche remonta vers le plafond, cette peau neuve finissait déjà de se constituer d'une manière parfaite. Blanche comme la précédente. Martix choisissait toujours cette même couleur. Ses goûts vestimentaires étaient sobres et il était routinier.

Ce n'était pas comme Manaella. Mais elle était une femme, très belle, et elle se couvrait d'une kyrielle de peaux toutes plus extravagantes les unes que les autres. C'était cette fantaisie-là qui l'avait séduit. Demain il irait lui rendre visite.

Le siège attendait. Il était resté tout le temps de la séance, droit, suspendu en l'air, en l'absence de son occupant. Et avec la même douceur, dans la seconde où Martix le décida, il le réinstalla en lui.

Il retourna au bar. La faim se manifestait. Il hésita quelques secondes avant de se décider. Un plat chaud se présenta en quantité bien dosée avec une dominante en carotène. Son équilibre manquait de vitamines A. C'était bon. Sans plus ! Le cellulo sédentaire veillait sur tout.

Il avait toujours habité ici. Seul. Depuis le premier jour de sa naissance les bars nourriciers subvenaient à ses besoins. Copieusement.

Il retourna à son bureau et brancha par la pensée une dizaine d' écrans qui s'allumèrent simultanément. Plusieurs personnages apparurent. Des amis avec qui il relata brièvement son voyage. Ils parlèrent aussi des derniers événements de la cité. Leurs voix emplirent l'intérieur du cellulo d'une composition de sons discordants. Comme si chacun parlait sans écouter les autres. Ce qui n'était pas le cas. Les facultés de Martix et de ses congénères étaient capables d'assimiler plusieurs conversations en même temps.

Vers le milieu de la journée il s'octroya une détente d'une heure avant son cours d'histoire. Le siège se déplia. Martix se concentra et plongea dans un néant fabriqué, exempt de rêve. Entraîné dès son tout jeune âge, il dominait son propre sommeil comme tous les frères de sa race. Le rêve était utilisé en thérapie uniquement pour des cas désespérés. Il avait été trop longtemps le catalyseur de guerres et de destructions.

Ils étaient au sein d'un cycle de reconstruction. L'humanité renaissait de ses ruines physiques et spirituelles. L'humanité devenue enfin intelligente ! Martix le croyait. Les dirigeants l'affirmaient. C'était ce qu'il enseignait depuis toujours.

Le moment d'instruire sa centaine d'élèves approchait.
Il sortit de son immobilité. Le siège, partie intégrante de sa personnalité, comme tout ce qui l'entourait, ce qui le protégeait, le transporta jusqu'au bar. Il se désaltéra puis retourna aussitôt à son poste.
Par l'intermédiaire de son tableau de bord la cité entière était accessible. Il n'existait pas d'autres endroits civilisés où vivre. Il avait eu cette chance d'être parmi les élus. Aujourd'hui, même l'espace était désert. Quelques stations gravitaient encore autour de la planète. Mais elles étaient abandonnées. De plus, au-delà de la Lune il n'y avait plus rien. Depuis longtemps le fameux rêve d'asservir l'univers était mort. La religion leur expliquait souvent l'humilité de leur sort unique.
Il ordonna au cellulo de contacter toute la classe. Travail trop long, trop fastidieux pour que sa partie humaine s'en occupe. En quelques secondes la liaison fut établie. Il brancha ensuite l'écran géant au-dessus du bar nourricier. Écran qui se divisa en autant de portraits vivant qu'il possédait d'élèves.

Des visages volontaires, garçons et filles mélangés, avec des fronts dégagés, un crâne exempt de cheveux, a peine couvert d'un duvet transparent qui disparaissait à l'adolescence. Ainsi, tout en parlant, il surveillait et sanctionnait immédiatement sur ces visages juvéniles le premier signe d'un quelconque manque d'écoute. Ce qui était rare.

Cependant ces enfants, âgés d'une dizaine d'années, tous très doués, privilégiés, bien éduqués, étaient encore habités par des réflexes incontrôlés. Certains aimaient encore jouer. Ceux-là nécessairement risquaient d'être prolongés dans les études. Mais la faute ne leur incombait pas. Chacun était différent. Chacune des carapaces plus ou moins épaisse. La génétique. L'hérédité. Seul le résultat comptait.

Martix se remémora son enfance... C'était facile. Le cellulo sédentaire, le cellulo mobile et son siège et lui-même. Les quatre ne faisant qu'un. Il avala plusieurs fois sa salive. Puis avec une voix changée, plus douce, ponctuée, il leur parla du commencement. Dieu qui avait provoqué le grand Boum. Dieu qui les surveillait. Dieu qui n'avait jamais cessé d'être présent. Dieu qui était sorti vainqueur de la lutte contre la science et le plaisir.
Vers la fin des conflits, une nouvelle race s'était crée. Celle des élites qui avait dominé le monde par sa puissance bien établie. Ils s'étaient groupés et grâce à des moyens financiers énormes et une technologie avancée, ils avaient réussi à échapper à l'apocalypse.
Retranchés dans les hauteurs glacées des Andes, de l'Himalaya, ils avaient contemplé impuissants la disparition progressive de l'humanité.
Dans la longue période qui suivit, sous la protection d'un ordre et d'une discipline rétablie et rassurante, les autorités militaires avaient organisé des recherches planétaires afin de découvrir d'autres survivants. Mais en vain. Seules quelques peuplades redevenues sauvages furent répertoriées. Mais elles vivaient dans des forêts contaminées et il fut jugé plus sage de les laisser tranquilles. Personne ne savait ce qu'elles étaient devenues. Il ne restait que les ruines calcinées des mégapoles d'autrefois.

Toutefois certains continents avaient retrouvé grâce à la bonté de la nature un climat équilibré, propice à la survie des hommes et de quelques espèces animales. Des oiseaux. Notamment le bassin de la mer Bleue.

Aussi quand ils l'avaient jugé nécessaire, les autorités y avaient cherché une terre hospitalière et entrepris de construire une cité modèle sur les ruines d'une ville dont les premières pierres remontaient à l'origine des temps.

Au cours des siècles suivants les autorités civiles firent édifier, suivant un programme d'archéologie, des sortes d'immenses musées à proximité de quelques-unes de ces anciennes villes. Ils y entassèrent pêle-mêle les vestiges de cette civilisation qui avait périclité sous le feu de sa propre stupidité. Les musées furent fermés. Seules quelques personnes étaient autorisées d'y aller. Martix avait eu la chance d'en visiter un au sein d'un groupe de professeurs de la même catégorie que lui.

Mais l'équilibre de la cité était fragile. L'Église et la haute autorité y veillaient. Ils en étaient les garants légitimes.

Maintenant tout était différent, expliqua-t-il. Le professeur fit un portrait de l'homme tel qu'il était physiquement aujourd'hui. Dans le suivi de son raisonnement, il projeta mentalement, par le biais de sa partie mécanique, les images de l'animal qui avait été le point de départ de la race humaine. C'est à dire le singe. Les élèves connaissaient le concept. Personne ne fut étonné. Depuis la dernière leçon, ils avaient eu le temps de digérer tous les détails de l'évolution primaire.

Il leur décrivit l'homme de Neandertal, puis l'homme de Cro-Magnon.

Mais lorsque qu'il aborda l'homme Moderne ainsi nommé car il avait été à l'origine des premières découvertes fondamentales, celui qui avait pris conscience de l'existence de Dieu, Martix perçut alors sur chacun de ses élèves les élans de surprise, les réflexions et les nombreux commentaires secrets qu'il suscitait.

Ce qui les choqua, comme lui-même trente ans auparavant, ce furent les jambes. Musclées, longues et fines, couvertes d'une multitude de poils bruns. La vitesse avec laquelle cet homme ancien se déplaçait leur soutira des sentiments d'étonnement et de pitié. Dans une plainte commune les enfants le plaignirent d'être ainsi obligé de se mouvoir sans sa partie mécanique.

« Quelle horreur ! » pensaient la plupart d'entre eux, bien calés dans leur siège adapté à leur table, bien au chaud dans leur cellulo nourricier de deuxième catégorie. La première étant celle des bébés.

Pourtant cet homme nu qui courait le long de cette plage était si proche d'eux. Mais ils n'en avaient pas encore conscience.

Cette pensée soudaine, fruit empoisonné de l'inconscient de Martix, s'afficha instantanément dans chacun de ces petits cerveaux. Il se reprit aussitôt. Comment pouvait-il avoir ce genre de pensées ? Un mot surgit encore : « révolution ». Il le chassa dans la corbeille de son imaginaire.

Vite alors, il enchaîna le cours sur une base plus théorique. Plus facile. Il leur énuméra les différences de l'évolution. Les cheveux de l'homme nu, cette longue crinière qui cinglait ce visage barbu, orgueilleux, barbare, intéressèrent beaucoup. Les cheveux et les poils avaient disparu depuis longtemps. L'homme aujourd'hui possédait une peau protectrice. Il n'avait plus besoin de se déplacer sur ses jambes. La fonction créait l'organe. L'inverse de cette vieille phrase qui survivait encore était vraie aussi. Martix poursuivit son cours par une description du physique de l'homme actuel. Leur physique humain. Avant d'aborder les prochaines leçons plus complexes, celles sur leur partie mécanique.

- Nos yeux, expliqua Martix, sont bien plus perçants. Ils sont plus larges et possèdent une vision plus étendue. Ils se sont avancés pour mieux capter la vision latérale et les cils eux aussi ont grandi désireux d'assurer toujours leur fonction protectrice. Les mains qui sont notre principal outil mécanique sont plus fines et plus sensibles. Les bras par contre n'ont pas changé. Juste quelques centimètres grappillés au cours des âges. Mais surtout la grande particularité qui nous différencie avec cette bête qui se déplace si vite et à grand bruit de respiration, c'est le cerveau.

Les scientifiques avaient considérablement progressé dans les méandres compliqués de son fonctionnement. Cet instrument fabuleux de chair et d'énergie était utilisé au mieux de ses possibilités. Tout le monde s'y employait. Les machines élaborées dans cette tâche si noble les y aidaient grandement. La religion ne leur enseignait-elle pas que celui ou celle qui atteindrait le rendement de son cerveau à cent pour cent serait à l'égal de Dieu ? Dieu lui-même revenu pour la seconde fois. Personne encore n'y était arrivé. Mais qu'importe ! L'homme tendait vers cet idéal.

L'anéantissement de la planète était considéré comme un bienfait. La religion louait cette époque bénie. Elle en faisait souvent référence dans ses prêches. L'humanité avait ainsi détruit son propre chienlit. Elle s'était lavée de sa misère, de ses peurs. La disparition de la quasi-totalité de la population mondiale avait permis de faire le tri. Cette étape avait été nécessaire.
- On ne trouve pas du premier coup son chemin ! ponctua Martix d'un air docte.

Le cours prit fin. Il débrancha l'écoute. Un clignotement vert attira son attention sur la gauche de l'écran central. Il pivota. Le visage de sa bien-aimée se profila. Elle lui demanda des nouvelles de sa personne, de son voyage et lui fit entrevoir que ce soir elle pourrait se libérer. Ses sens ne firent qu'un tour. Cette femme lui plaisait et elle ne trahissait que deux défauts visibles à ses yeux. Son esprit d'indépendance et son énorme appétit de plaisir. Elle avait très peu de temps à lui consacrer.
Martix l'humain programma diverses petites choses. Une recherche sur un thème bien précis des années 2200 juste un peu avant le grand conflit qui avait failli provoquer l'explosion de l'écorce terrestre.
Puis une autre recherche sur la reconstitution des océans. Enfin une dernière sur les conditions de la vie dans un monastère de survie dans un coin reculé d'un pays nommé autrefois le Tibet. Cette dernière lui avait été commandée par un dignitaire qu'il ne devait surtout pas contrarier : un prêtre.

Il avait oublié le principal. Mais ce fut le cellulo sédentaire qui le rappela à l'ordre. La vérification dans un futur proche des zones 7 et 207 de son cellulo mobile. Contacter l'hôpital concepteur pour soigner rapidement ces parties malades. Ces anomalies étaient inquiétantes. La règle était stricte à ce sujet.
Le cellulo se décolla de l'immeuble. Comme un gros bourdon silencieux il tournoya au-dessus des grandes tours de la ville. Ensuite il obliqua vers la forêt des plaisirs. Il faisait nuit noire et la lumière émanant de l'engin éclaira une prairie. Martix la mécanique accéléra sa descente et survola au ralenti cette espèce de trouée sur les pins.
Il aperçut quatre cellulos, accolés les uns aux autres, garés discrètement sous le couvert d'une zone verte. Ils s'étaient réunis. En infraction totale. Ceux qui se regroupaient ainsi à plusieurs risquaient la disgrâce. Depuis quelque temps l'ordre semblait se relâcher. L'évolution ou un retour. Des bruits couraient que certains dirigeants avaient soulevé le problème. La proposition d'autoriser des branchements multiples avait été repoussée au final. Seules les rencontres à deux étaient tolérées par l'Église. De toute façon, Martix n'aimait pas cela. Il était trop timide pour se raconter à plusieurs partenaires.
Il retrouvait la belle Manaella toujours au même endroit. La forêt abritait une cinquantaine de cylindres disséminés dans cet immense espace dédié au plaisir. Chaque unité possédait une multitude de branchements à deux.

Martix la mécanique se dirigea directement vers un cylindre. Lentement il tourna autour de sa base. Il existait deux entrées. Une pour le cellulo mâle et l'autre pour le cellulo femelle. Sous la protection du bâtiment et sous le couvert d'une fausse intimité, cette union éphémère et officielle demeurait parfaite et conforme.
L'ensemble des cylindres, rangés, numérotés, tous sous une surveillance étroite, constituait ce que Martix et les siens appelaient : « La forêt des plaisirs ». Ainsi le voulait l'organisation.

Manaella était déjà là. Le cœur de Martix tapa plus vite. Ses longues et fines narines se pincèrent nerveusement quand le cellulo se coula dans l'obscurité du conduit. Lentement, silencieux, il approcha.

Martix la mécanique enregistra aussitôt l'affolement de sa partie vivante. Plusieurs contacts s'établirent. L'écran numéro deux s'alluma. Celui qu'il réservait à Manaella l'humaine. Son image apparut. Un joli visage rond, sans cheveux, avec d'immenses yeux. Le droit était d'une couleur verte et outrageusement maquillé de jaune. Le gauche, noir comme une éclipse de lune, était juste souligné d'un double trait doré. Des ondes érotiques émanaient d'elle comme le flux d'une marée débordante, bouillonnante.

- Dépêchez-vous ! J'ai envie. Il y a longtemps que j'attends votre venue. Je suis sur le point d'exploser mon amour.

Le cellulo de Manaella se colla à celui de son ami. Plusieurs déclics, tintements cristallins, branchements automatiques.

Ils s'immobilisèrent pour de bon. Alors le siège de Martix l'humain se souleva.

Il sortit lentement par le sas qui reliait maintenant les deux cellulos au salon d'amour et rejoignit sa bien-aimée.

Elle poussa un cri de plaisir quand son siège déjà suspendu à un mètre du sol se connecta à celui de son amant. Ils purent se voir. La lumière de cet endroit était faible, complice à de tels agissements. Leurs genoux et leurs mains distants de quelques centimètres à peine. Mais ni l'un ni l'autre ne se touchèrent. Juste un frôlement parfaitement contrôlé. Puis ce fut le délire des paroles. Elle possédait une voix clairette, plus haute que celle de Martix. La musique de leur imagination réchauffa l'atmosphère de ce lieu étrange et froid. C'était toujours comme cela au début.

Les deux sièges commencèrent lentement à tournoyer sur eux-mêmes et prirent de plus en plus de vitesse. Parfois la molécule métallique montait, descendait, tout en accentuant son mouvement rotatif. Dans les cerveaux, les flashs se succédaient sous la partition de leurs fantasmes.

Manaella avait des tendances masochistes et ses rêves étaient peuplés de dominateurs étincelants. De sombres machines l'humiliaient, la battaient et réduisaient son cellulo en un amas de ferrailles tordues qui la laissait rampante, sur un sol à l'état brut. Celui de la terre. Sans protection. Elle criait, suppliait, mais les odieuses machines plus fortes, plus intelligentes que les simples cellulos, ne l'écoutaient pas et l'abandonnaient à une mort lente, déshonorante. Une mort certaine puisque ne pouvant plus se déplacer. Une mort de plaisir…
Elle possédait dans la vie un certain pouvoir. Directrice d'un centre de création avancée. Elle détenait la possibilité d'infléchir une décision vitale pour certains. Rares étaient les artistes. La beauté obéissait à une éthique rigoureuse. Gare à ceux qui ne respectaient pas les normes ! Et la belle Manaella tranchait souvent et vite. Les conséquences parfois étaient tragiques pour ceux qui avaient transgressé. Mais elle s'en fichait. Elle était dure, sans pitié et n'avait jamais eu conscience qu'elle aurait pu être autrement si son éducation avait été différente.
Il était donc normal, par réaction, de désirer être asservie.

Les fantasmes par contre de Martix l'humain s'accordaient très bien avec ceux de son amie. Lui n'avait aucun pouvoir dans la vie. Il était donc plutôt dominateur. Pourtant, cette fois-ci, il avait du mal à se mettre au diapason de sa bien-aimée. Ses images d'amours chimiques, de liquides colorés, demeurèrent dans le trou noir de son imagination. Quelque chose le tracassait mais il ne savait pas quoi.

Manaella sentit l'absence de son partenaire. L'imaginaire de Martix était complètement annihilé par le sien, par son énergie dévorante. L'équilibre ne se faisait pas. Avec difficulté, elle retrouva une partie de son calme et le questionna :
- Qu'avez-vous ? Vous êtes fatigué ?

Il savait que ce n'était pas la raison mais il sauta sur l'occasion.
- Oui ! La fatigue.

En fait, il désirait autre chose. L'amour était toujours une affaire compliquée. Pour certains le changement de scénario était néfaste. La majorité fonctionnait des années avec le même déroulement dans la tête, les mêmes dessins érotiques. En toute tranquillité. Sans problème.

Mais depuis quelque temps Martix détectait des erreurs dans ses pensées intimes. D'abord, il n'arrivait plus à se contrôler quand il dormait. La dernière fois il avait failli se perdre dans l'espace. Il n'en était pas certain. Mais quelque chose en lui se détraquait. Il était malade.

Maintenant d'autres visions se superposaient aux anciennes. Elles étaient si osées qu'il lui était impossible de les libérer pour que Manaella s'y abreuve. Les aurait-elle aimées ? Il était sûr que non. Il avait confiance en elle mais sa position sociale importante, peut-être même plus qu'elle ne voulait l'avouer, l'aurait mise dans une position morale délicate.

Martix devait réagir. Il demanda :

- Êtes-vous d'accord pour la substitution ?

Elle savait ce que voulait dire cette demande. Elle répondit.

- Oui ! Si cela peut vous aider. Et puis j'aime bien quand même !

Alors il donna un ordre à Martix la mécanique.

Martix l'humain trouva donc tout naturel que celle-ci prenne le relais. Le cellulo dégagea aussitôt un nuage verdâtre, une drogue aphrodisiaque très puissante qui bloquait toutes les pensées volontaires. Ils devinrent vite prisonniers d'un rêve fou mais autorisé. Cela dura presque une période. Ces élucubrations étaient fabriquées par les dépositaires du sommeil officiel. Elles étaient très efficaces.

Le résultat ne se fit pas attendre. Il se délecta de cette ambroisie. Quand il revint à lui, en même temps que Manaella, il avait déjà oublié son épopée érotique. Seule la sensation du plaisir qu'il avait éprouvée lui restait en mémoire.

Les sièges se détachèrent sans heurt. Reculant comme deux insectes. Les deux amants échangèrent quelques banalités

polies et aimables. Manaella n'aimait pas utiliser les excitateurs officiels. C'était par complicité, un peu par obligation, pour faire plaisir à son ami, qu'elle s'était adonnée à cette pratique.
- Je suis pressée ! Excusez-moi, dit-elle.

Mais dans son for intérieur, elle souhaita que cela ne se reproduise plus. Les hommes qui n'étaient pas capables de concevoir leurs rêves n'étaient pas dignes d'intérêt.

Martix était préoccupé. Manaella avait senti les effluves du vent rebelle qui animait son esprit. Dans le cadre de la morale amoureuse il avait toujours fait preuve d'une belle imagination érotique. Ils étaient toujours parvenus à jouir ensemble dans un extase profond et classique. C'était la première fois qu'ils avaient eu recourt à la drogue du plaisir. Et c'était de sa faute. Manaella était loin de soupçonner l'étendue de la brèche qui se creusait depuis peu dans l'organisation mentale de son ami. Martix avait dû faire preuve de toute sa force mentale pour dresser une barrière entre elle et lui.

Le cellulo 2501 lentement glissa vers l'arrière du tunnel. Il se propulsa dans un sifflement aigu et monta à la verticale. Au-dessus du dôme, le ciel était noir et piqué de milliers d'étoiles. Il laissa la forêt des plaisirs et fit le tour de la cité et plongea en direction de la corniche qui longeait la Mer Bleue. Puis apaisé par cette balade nocturne, il se rejoignit avec son nid haut perché dans le trou de sa tour d'habitation.
Dès que le cellulo fut en place Martix reçut une message officiel émanant du secrétariat de l'hôpital concepteur. Il était convoqué le lendemain.
Il se prépara un excellent sommeil. Le siège s'allongea. La lumière du cellulo baissa d'intensité et la température diminua. Il s'abandonna.

Martix la mécanique créa en toute légalité des synopsis. Puis, il les inséra progressivement dans le cerveau de sa partie humaine pour que ce dernier puisse fabriquer un rêve autorisé. Un rêve de découverte. Un rêve de voyage sur la fameuse planète inconnue. Que seuls quelques privilégiés avaient eu réellement la chance de visiter à bord d'engins hautement sophistiqués. C'était la rumeur.

Cependant ce qu'il y avait d'angoisse chez Martix l'humain pesa davantage dans la balance de sa nuit profonde. Son voyage interplanétaire et doré s'estompa. Il se réveilla au milieu de la nuit, trempé de sueur. Dans les clichés de sa mémoire, de son rêve perdu, il décela d'autres images. Mais interdites. Un autre rêve s'était superposé. Comme une mélodie polyphonique, un tableau étrange. Il était nu, sans une peau protectrice et rampait sur une plage métallique devant un primate énorme qui gesticulait et riait en découvrant une multitude de crocs jaunes et cassés.

Il était maintenant effrayé. Véritablement pris de panique. Ce rêve était intolérable. Martix la mécanique ne contrôlait plus la situation.

Les rêves étaient étroitement surveillés par des comités crées à cet effet. Certains étaient prohibés. Ceux relatifs à des idées liées à la puissance, à la compétition, à la violence. D'autres étaient acceptés, recommandés. Le spirituel était une marque d'adaptation sociale. Puis il y avait ceux qui étaient liés à l'odeur, à la couleur, au son, au goût, au toucher et aussi au plaisir. Ce dernier était indispensable pour les rencontres amoureuses.

Pratiques pourtant décriées par de nombreux détracteurs. Elles étaient un sujet de discorde. Les plus extrémistes réclamaient avec véhémence leur suppression.

C'était l'hôpital concepteur qui donnait naissance aux enfants de Massie. Au rythme établi par un conseil suprême. Le contact physique entre les corps n'existait plus. Il était répugnant. Perdu dans les brouillards glacés du passé. Oubliés, sans aucun intérêt par les professeurs d'histoire.

Les conservateurs attachés aux traditions, et tout simplement parce qu'ils étaient les premiers à goûter au calice de ce nectar, défendaient avec ardeur le droit de faire encore l'amour. Quel mal y avait-il à ça ? Les rêves érotiques étaient tous recensés, inculqués dès l'adoption du cellulo final. La pratique de l'amour était un art de l'esprit. Mais pourquoi donc conserver cette pratique avilissante alors que tout ce qui était superflu avait été supprimé, prônaient les plus extrémistes ? L'homme ne tendait-il pas vers la perfection ? Éternelle querelle qui risquait de prendre fin car l'Église était puissante. De plus en plus.

Viendrait bientôt le jour où elle trancherait définitivement.

L'hôpital concepteur avait été construit loin de la ville. Il était constitué par un gigantesque bâtiment qui occupait l'espace de toute une vallée. Il possédait son propre dôme protecteur. Autour il n'y avait plus rien. Une rivière, canalisée dans d'énormes tuyaux, passait sous terre et alimentait l'hôpital.

Martix s'y était rendu deux fois lors de son existence. Pour passer du cellulo nourricier au cellulo de deuxième catégorie puis à celui définitif de première catégorie. Depuis lors, il n'avait plus eu l'autorisation d'y retourner.

Toutefois un détail l'inquiétait. A sa connaissance, aucun de ses amis, aucune de ses relations, n'avait été convoqué une troisième fois. Les complications des cellulos n'arrivaient qu'aux balbutiements du cent cinquantième cycle. Pas avant !

Il posa la question. Mais Martix la mécanique ne répondit pas. Alors, fatigué, il se réfugia dans la méditation fermée jusqu'au petit matin.

Dès le réveil, il reçut des informations complémentaires et la procédure de vol pour se rendre à l'hôpital concepteur. Sans attendre, le cellulo mobile se détacha et s'envola aussitôt dans la douceur matinale. La température variait régulièrement pour entretenir l'illusion d'un climat tempéré, mais sans modifier l'équilibre propice à garantir le moral de la population.

Le voyage fut court. L'hôpital concepteur se dressa devant lui dans son austérité mystérieuse et immense. Une ouverture s'ouvrit et il pénétra à l'intérieur. Il était attendu.
Le cellulo 2501 suivit un long couloir vide, blanc et lumineux. A son passage plusieurs signaux lui furent communiqués par son écran de contrôle. Une voix douce lui annonça :
- Bonjour Martix ! Nous vous attendions. Voulez-vous rejoindre la loge 535. Celle de vos premiers instants dans ce monde. Vous souvenez-vous ?

C'était là qu'il était né et qu'on lui avait greffé les parties mécaniques. Il était tendu. Une question soudain harcela son esprit. Qu'allait-il advenir de son cellulo ? Était-il possible de le soigner ? Un autre était-il prévu à la place ? Cette idée de changement ne lui plaisait pas. Un corps humain était moins compliqué. Par contre dès que l'on touchait à la mécanique, le résultat n'était pas garanti. C'était ce qu'il croyait.
Il s'immobilisa. L'agent concepteur devait le visiter rapidement en toute tranquillité. Ce qui suivit le dérouta absolument. Le catastropha.
Quand il voulut se soulever, que son cerveau eût envoyé le message qui devait atteindre la partie de son corps qui correspondait au siège, celui-ci, pour la première fois de sa vie, ne bougea point. Ce fut la confusion.
Il était coincé. Paralysé.
- Révolution ! souffla encore une fois Martix la mécanique du fond de ses entrailles. Révolution ! Révolution ! Tu dois rester seul puisque l'on doit m'ausculter.

La mécanique devenait folle. Martix l'humain était pris au piège, sans possibilité d'échappatoire. Le rêve secret de ses

nuits, des ses fantasmes solitaires, choisit, pour on ne sait quelle raison, ce moment crucial pour lui expédier des visions qui ne firent qu'accélérer son affolement. Le fameux rêve défendu.
Il était plus que probable que les hommes en blanc, à l'instant même, lisait dans son cerveau. Il était perdu.

Soudain une longue sirène en pointillé éclata... Un son hululant transperça ses tympans. Il tremblait de peur. Sa peau suait et offrait des gouttelettes d'une eau perlée qui dégoulinait le long de son échine. Il cria mais sa petite voix ne s'éleva pas bien haut. Il voulut une dernière fois sortir, s'extraire de son siège. Le mot « révolution », ce message, cet influx qui émanait de sa machine lui martelait l'esprit. Il était comme une petite bête inoffensive d'autrefois prise dans un piège. Quand sur terre existait encore l'animal en multitude.

L'hôpital froid. Le siège mort. La sirène démente. Cela en était trop ! Et dans un sursaut d'énergie, il parvint à se soulever. Mais l'effort était démesuré. Ses jambes étaient inexistantes. Il n'avait ici aucune poignée pour se soutenir. Il tomba lourdement sur le sol blanc et son immense front tapa contre le rebord de son siège impitoyablement immobile. Un filet de sang fit son chemin et rejoignit une perle de transpiration pour s'y mélanger. Sous le choc, Martix perdit conscience. La douleur était une découverte insupportable.

Des infirmiers arrivèrent sur leur siège. Très à l'aise, à l'aide de pinces adaptées, car eux aussi n'étaient pas autorisés à toucher un corps, ils empoignèrent vigoureusement celui de Martix, toujours inanimé. Ils le déposèrent précautionneusement sur une civière volante et l'entraînèrent dans un couloir adjacent qui se perdait dans les profondeurs du vaste établissement.
Martix se réveilla dans une pièce opaque. Il était installé sur un siège. Il remarqua la différence immédiatement. Ce n'était pas son siège. Ni même sa mouture. Seulement une chaise en métal rouge. Vulgaire. Un morceau de fer glacial. Un objet dépourvu de vie, odieux par sa seule présence. Un objet venu de la nuit des temps.

Il était seul et abandonné. Pour une raison qu'il ignorait il était irrité sur tout le corps. Sa peau protectrice était sale, maculée par sa peur et rougie par son sang. Cela le dégoûtait et il désira ardemment en changer mais personne ne se préoccupa de le lui proposer comme l'exigeait la propreté. Propreté qu'on lui avait toujours enseignée avec tant de rigueur. Il perdit la notion du temps.

Il attendit avec une inquiétude croissante que quelqu'un se manifeste. Il tenta même plusieurs contacts télépathiques mais sans l'aide de son alter ego électromagnétique, il n'obtint aucun résultat. C'était monstrueux de le laisser ainsi. Une larme coula le long de sa joue. Cela l'effraya. Il ne se souvenait pas d'en avoir eue jusqu'à ce jour. Les gens pleuraient uniquement lorsque un médecin de l'hôpital concepteur venait, sans crier gare, leur annoncer que leur cycle de vie était terminé et qu'il convenait de repartir avec lui.

Pourquoi cela lui arrivait-il ? Il hurla tout son désespoir et sombra dans une nuit profonde.

Il se réveilla mais il était à bout de force. Il essaya de quitter cette chaise horrible et roula sur le sol. Un cellulo entra.

Un docteur. C'était la troisième fois qu'il voyait un tel uniforme. Et cela l'inquiéta au lieu de le rassurer. Ces hommes détenaient un immense pouvoir. Le savoir obscur de la vie et celui plus redouté de la mort. Un docteur ne se déplaçait jamais sans une raison très importante. Pour un simple changement de cellulo les infirmiers suffisaient largement à la tâche

C'était un homme âgé. Dans le troisième tiers de sa vie. Un front oblong creusé d'une multitude de rides sombres était la partie la plus marquante de sa personnalité. Ses grands yeux dorés, entourés de broussailleux sourcils noirs, luisaient et perçaient le regard apeuré de Martix. Une main longue et déformée, d'une agilité rapide lui imposa le silence d'un trait vif.

- Pourquoi êtes-vous là ?

Martix s'étonna. Cette question n'avait pas raison d'être. C'était l'hôpital lui-même qui l'avait convoqué. Rien, ni aucun dérèglement n'échappait à sa vigilance. C'était le contraire... C'était à cet homme de le renseigner sur ce qui lui arrivait. Il répondit toutefois, soucieux de faire bonne figure, de respecter les règles. Il devait obéir. N'était-il pas dans son hôpital concepteur ? Le même où il avait été conçu, choyé, aimé, éduqué. Il répondit.
- Ma partie mécanique me donne du souci. Je n'arrive plus à me contrôler. Surtout quand je dors. Et puis il y a le rêve. Un rêve spécial !

Puis, s'alarmant d'en avoir trop dit, il se reprit et poursuivit inquiet :
- Mais ce n'est pas grave, n'est-ce pas ? Il suffira de me soigner vite !

Le docteur ne répondit pas. Martix attendait une réponse. Il dodelina sa pesante tête.
- Que signifie pour vous le mot « révolution » ?
- C'est de l'histoire, murmura Martix… Je suis historien.

Le docteur coupa son patient.
 - Nous savons qui vous êtes ! Quand utilisez-vous ce mot ?
- Pas souvent ! Uniquement au cours de mon travail. C'est ma partie mécanique qui l'a employé. Mais comment va-t-elle ?
- Elle est morte !

L'annonce explosa comme une nova. Martix l'humain entendit la phrase mais ne la déchiffra pas. Quand il comprit enfin ce que le docteur avait dit, il demanda, exigea qu'on lui explique. Le docteur immobile et droit, dans son siège laiteux enchaîna sans même hausser le ton. Ce qui aurait été la preuve d'un agacement quelconque.
- Nous l'avons détruite !

Martix demanda vivement :
- Pourquoi ?

- Il était fou ! Vous le savez très bien.
- Mais comment ? C'est impensable ! Cela n'est jamais arrivé. Je suis bien placé pour le savoir.

Le docteur eut un sourire méprisant.
- Tout ce que vous enseignez c'est nous qui vous l'avons appris.

Martix entrevit la précarité de sa situation. Sa voix changea. La peur.
- Mais comment vais-je faire docteur ? Vais-je avoir un autre cellulo ?
- Non !

Ce mot était glacé. Dur comme l'acier. Comme un mur infranchissable. Le docteur rajouta du bout des lèvres.
- Il n'y en a plus de disponible. Pour le moment… Et puis vous êtes trop fatigué. Nous devons vous soigner. Vous êtes à bout de nerf. Vos rêves sont malsains. Bien plus que vous ne pouvez l'imaginer. Mais soyez confiant. Bientôt vous guérirez. Et vous aurez un autre cellulo mobile. Il sera magnifique. Vous verrez… Vous pourrez vous déplacer comme avant. Mais en attendant, il faut être patient.

Sur cette tirade qui se voulait réconfortante, le siège du docteur pivota et sortit de la salle.
Le degré d'inquiétude de Martix avait dépassé sa cote d'alerte. Il referma la bouche sur le mot qu'il n'avait pas eu le temps de prononcer. Combien de temps devrait-il attendre ? Il n'en avait aucune idée et, aussi, ne possédait aucune indication sur la façon dont il allait être soigné. L'incertitude ouvre la porte à l'imagination. Pour l'être intelligent qu'il était ce non savoir était une véritable torture morale.

La lumière s'éteignit. L'obscurité l'enveloppa. Il cria. Il appela. Pour libérer son angoisse. Puis pour tenter de plier leur pitié. Très longtemps après il entendit le sifflement si particulier d'un siège. Deux infirmiers se présentèrent et les lumières aussitôt furent rallumées.

Des drogues. Des médicaments. Il avala tout. Martix n'avait pas le choix et il le savait. Tout à coup un rayon le transperça. Un rayon qui le vida de ses pensées néfastes et qui lui fit découvrir les bienfaits d'un sommeil réparateur.
Alors pourquoi s'en faire ? On s'occupait de lui. Il tomba une autre fois sur le sol de la pièce.
Les infirmiers le chargèrent sur la fameuse civière et le conduisirent à travers d'interminables couloirs.

Ils débouchèrent dans une salle gigantesque où une centaine d'appareils bizarres étaient garés. Il s'agissait de transporteurs fabriqués en secret. Ils installèrent Martix dans celui qui était logé sur la rampe de lancement. Le couvercle rabattu, ils déclenchèrent une ouverture dans les hauteurs du plafond, appuyèrent sur un bouton et firent précipitamment demi-tour.
Le transporteur, cigare métallique, à peine plus long que la hauteur d'un homme déplié, décolla lentement et se glissa dans l'ouverture. Puis, avant que le toit ne se referme, les infirmiers le virent chercher sa direction dans le ciel avant de disparaître.
Cette mini-fusée emporta Martix vers une destination inconnue. Les infirmiers ignoraient où les transporteurs se rendaient. Aucun ne revenait.

En réalité, Martix, était devenu un paria. Un déchet pour cette société si parfaitement organisée. Son cellulo avait prononcé un mot défendu et avait pollué son esprit.
La loi n'autorisait pas la destruction de la partie humaine d'un individu. La procédure était différente. Un reste encore de tradition que certains auraient bien aimé modifier.

Bien plus tard Martix se réveilla.
Il ouvrit avec difficulté les yeux. Le sommeil, la transpiration les avaient collés. Son corps entier lui faisait mal. Il se palpa et retrouva le touché de sa peau protectrice. Toujours la même ! Cela devenait insupportable… Il était allongé sur quelque chose de mou. Plongé dans un noir absolu il ne voyait rien.
Il essaya d'appréhender sa situation en tendant les mains autour de lui. Il se souleva péniblement. Dans la position assise, légèrement penché en avant, il effleura tout ce qui l'entourait avec la plus grande méfiance.

Sur la droite il devina un mur. A ses pieds il n'y avait rien. Mais de l'autre côté, sur la gauche il détecta un objet immobile qui le surprit. Du bout de son index il osa le toucher. C'était comme une peau. Il eut un geste de recul. Un homme nu était allongé à côté de lui. Sans aucune peau protectrice. Mais la curiosité fut plus forte que son dégoût. Il avança sa main en avant. Il reconnut le ventre d'un homme, un cou, puis un visage. Il était d'une froideur anormale. Comme s'il était mort. Pourtant sa poitrine se soulevait imperceptiblement.
Martix tenta une parole :
- Vous m'entendez ?

Mais il n'obtint aucune réponse. Alors il se recroquevilla et comme aux premières heures de sa vie, il sanglota. Longtemps. Très longtemps. Mais personne ne se manifesta. Même pas son voisin. Épuise, il finit par s'endormir.
Quand il se réveilla, il se rendit compte que le décor avait changé. L'obscurité avait fait place à une semi-lumière. Ce qu'il vit lui souleva un haut-le-cœur.

Il était dans une salle de plusieurs centaines de mètres. Le plafond était haut, voûté. Une transparence provisoire laissait deviner un ciel blanc et procurait cette mince luminosité qui éclairait cet étrange lieu. Des centaines de corps d'hommes reposaient là. Il n'y avait pas de femmes. Certains étaient nus, comme lui, privés de leur siège. Ils rampaient, gesticulaient, hurlaient, dormaient, pleuraient, se battaient.

Martix comprit en voyant ces bouches qui s'ouvraient et se fermaient, qu'il avait un problème d'audition. Il n'entendait presque rien. Comme s'il était devenu subitement sourd. Il perçut alors dans ses oreilles un sifflement aigu, si constant dans sa tessiture qu'il était presque inaudible. Il se frictionna les oreilles et ce geste lui attira l'observation d'un voisin d'infortune. Ce dernier lui expliqua :

- C'est le transporteur. Vos oreilles vont siffler encore pendant plusieurs jours..

- Le transporteur ? Je ne comprends pas ?

- Pour la société nous ne sommes plus rien. Alors ils nous véhiculent avec cet engin de basse catégorie. Il n'est pas insonorisé. Le bruit du moteur fait subir de gros dégâts aux tympans. Certains restent sourds. D'autres sont complètement cinglés. Ceux-là ont de la chance. Ils ne comprennent pas ce qui leur arrive. Si vous observez le ciel fixement, vous verrez les départs et les arrivées de ces horribles cigares.

- Les départs ? Les arrivées ?

- Les arrivées pour les nouveaux comme pour vous. Les départs pour les morts. Vous êtes dans un mouroir. L'antichambre de l'oubli. Bienvenu !

Martix dévisagea avec plus d'attention son interlocuteur. Il avait à peu près le même âge que le docteur de l'hôpital. Par contre son visage était anormalement ridé. Mais c'était un visage serein. Un homme calme qui s'exprimait avec une voix grave et chaleureuse.

- Je faisais partie du sommet de la pyramide. J'ai eu droit aux honneurs et à la richesse des objets. Puis j'ai voulu défendre un ami. Et je me suis retrouvé là. Je savais que cet endroit existait mais à l'époque je trouvais cela normal. Bien entendu, aujourd'hui, mon jugement a changé. Mais c'est trop tard ! Que puis-je faire ? J'ai joué et j'ai perdu. Je n'avais pas à enfreindre la loi.

- Et votre cellulo ?

Le vieil homme éclata de rire.

- Il n'y a plus de cellulo pour nous ! Ils sont tous morts. Et nous sommes bien vivants. N'est-ce pas surprenant ? Que croyiez-vous jusqu'alors ? Que vous ne faisiez qu'un avec votre cellulo ! Et voilà maintenant qu'on vous enlève la partie mécanique. Vous l'humain vous continuez à vivre. Voyez-vous, jeune homme, il existe une autre vérité. La mécanique et l'humain font deux.

- Ce n'est pas certain... Je ne pense pas comme vous. Nous sommes amputés. C'est vous-même qui venez de le dire. Nous allons mourir. Soit ! Mais c'est la preuve que nous sommes liés à la mécanique. Sans elle nous avons perdu notre place dans la société. Sans elle nous ne pouvons plus nous déplacer, travailler, correspondre ou créer.

Martix cessa de parler. Un brouhaha naissait du fond de la salle.

Un enchevêtrement grouillant de corps, les uns sur les autres, comme une armée de vers gluants, ondulait vers un point précis de cet infâme lieu. Rapidement le phénomène se renouvela. D'autres masses enchevêtrées se formèrent. A six endroits distincts. C'était la distribution de la nourriture et de la boisson. Une fois par jour les plats étaient déposés par six bars nourriciers primaires en quantité à peine suffisante. Les premiers servis mangeaient. Le vieil homme continua.

- C'est inutile. C'est trop tard ! Nous sommes loin. Il faut ramper et se battre. S'approcher au maximum d'un de ces distributeurs pour être prêt quand ils s'activent. Le problème c'est qu'ils ne sont que douze. Que six fonctionnent seulement ! Et jamais les mêmes. Quand on a la chance d'être à proximité de l'un d'eux, la sagesse est de ne pas s'en éloigner. Même s'il ne fonctionne pas. Vient toujours le moment où il se met en marche. Vous voyez, celui-là, il n'a rien craché depuis trois distributions. C'est pour cette raison que beaucoup s'en sont éloignés. C'est pour cela qu'ici il y a de la place pour l'instant. Et c'est pour cela aussi qu'on vous a déposé là. Pour les gardiens c'était plus facile et moins dangereux. Les bars sont placés à quelques pas des portes. Vous les voyez ? Il en existe autant que de bars nourriciers. A chaque instant, ils peuvent entrer et déposer un nouvel invité. Ou retirer un mort s'il n'est pas trop éloigné de la porte. Si quelqu'un meurt au milieu de la salle c'est à nous de le tirer vers une des sorties pour qu'il soit emporté. Sinon le cadavre reste ici et cela devient vite insoutenable. C'est encore une des rares choses pour laquelle règne une certaine entraide. Quant au reste, c'est chacun pour soi ! Ici nous ne sommes plus des humains.

Martix répondit :
- Je suis professeur d'histoire. Autrefois il y avait des lieux comme ici. Ils appelaient cela une prison. Je l'ai lu dans un texte d'un collègue qui a été soumis par la suite à la censure. Et Dieu ?
- Ah ! Il n'y a plus de Dieu. Il nous a oubliés. Il n'aime que la perfection. Les « cent pour cent » de l'humain et de la mécanique réunis. Ici nos capacités intellectuelles sont réduites à zéro puisque nous tendons vers la mort ou la folie. Beaucoup ont perdu leurs facultés de télépathie.

Martix demanda intrigué :
- Que deviennent ceux qui sont évacués ?
- On ne sait pas. Les morts sont morts. Ont-ils droit à une cérémonie comme autrefois ? Leur âme a-t-elle rendez-vous avec Dieu ? Quant aux aliénés, personne ne sait ce qu'il advient d'eux.
- Si j'ai bien compris pour sortir vivant, il faut être fou.
- Oui ! Mais quel en est le prix ? Je n'ose pas l'imaginer. La plupart d'entre nous n'ont pas la force de lutter contre le désespoir. Certains préfèrent une mort rapide plutôt que de subir l'humiliation de se traîner comme une larve vers les bars nourriciers.
- Et vous ?

Le vieil homme hocha la tête.

- J'avais des amis puissants. J'ai encore la bêtise de croire qu'ils essayent de me faire libérer.

Martix s'enferma dans une réflexion intense. Il en savait assez. Mais d'où lui venait cette volonté soudaine pour ne pas céder à la panique ? N'était-il pas bâti du même bois que ses frères d'infortunes. Puisqu'on l'avait enfermé pour un mot, et qu'il en connaissait le sens, il se l'appropria. Il le répéta mentalement, inlassablement, des centaines de fois : « révolution ». Son unique arme. Ce mot libérateur : « révolution ». Ce levier pour résister : « révolution ». Cette force pour ne pas pleurer. Et puisque pour sortir de ce trou il convenait d'être fou. Alors il serait fou.

Plus tard il demanda à son nouvel ami :

- Que faut-il faire ?

Le vieil homme se tourna vers lui péniblement et dans la semi-obscurité Martix vit qu'il souriait. Il avait compris le sens de sa question.

- Vous verrez, vous ne pourrez pas simuler. Votre crâne explosera avant.

- Mais comment les gardiens font-ils pour les différencier des autres ?

- On ne sait pas ! Certains hurlent à longueur de journée. Pour d'autres c'est extrêmement difficile. Ils se taisent et réussissent à survivre. Leur folie est intérieure. Les gardiens la perçoive parfois. Je ne sais pas comment. Par télépathie peut-être ? Ou bien ont-ils des machines pour lire nos pensées. Parfois, la protection mentale de l'un de nous craque subitement. Il devient alors extrêmement dangereux d'être à côté de lui. J'en ai vu un récemment tuer son voisin pour manger, obtenir une part supplémentaire. Quand cela arrive personne n'intervient ! Malheur pour le faible !

- Où se trouvent les fous quand ils sont enlevés ? demanda Martix. Près d'un bar nourricier, c'est-à-dire près de la porte ou alors au centre de la salle ?

Le vieux prisonnier réfléchit un court instant. Ses yeux craintifs se posèrent sur la porte close juste derrière eux.
- Jamais bien loin !

Alors Martix conclut :
- Un véritable fou ou supposé tel qui s'arrangerait pour rester vers le centre ne serait jamais évacué.
- Uniquement à sa mort. Mais demeurer au milieu c'est aussi mourir. Il faut bien manger et pour cela rester près des portes. Et puis tu poses trop de questions et je ne connais pas les réponses.

Son compagnon était fatigué. Martix le laissa tranquille
Il en savait assez. Il l'abandonna et au prix d'un très gros effort, il rampa vers l'autre côté de la salle en direction d'un autre bar. Il avait faim. Se mouvoir c'était une manière de combattre, de ne pas trop réfléchir.
La chance fut de son côté. A plusieurs reprises, il se trouva à proximité d'un des bars au moment de son fonctionnement. Il mangea à sa faim et reprit quelques forces. Il fit connaissance avec plusieurs compagnons de misère mais ne chercha pas à briser cette barrière d'indifférence dressée autour de chacun par le désespoir.
Ils étaient définitivement oubliés par la société. Chacun de ces individus représentait aux yeux de l'organisation un cas particulier impossible à résoudre. La vie parfaite cachait ses vices de fabrication.

Martix s'arma de patience
Il entreprit d'étudier attentivement tout ce qui se passait autour de lui. D'essayer d'en comprendre les rouages. Il garda un œil obstiné rivé sur les portes hermétiques. Une seule fois lui fut donné d'apercevoir les gardiens emmener quelqu'un de vivant. Les morts c'était monnaie courante. Les nouveaux venus aussi. Mais l'évacuation d'un fou c'était rare.
Quand cela se produisit, ce fut extrêmement rapide.
Au début de l'action, il tournait le dos à la scène. Il fut alerté par la rumeur qui se propagea comme une onde électrique et se

retourna. Il eut juste le temps d'apercevoir deux gardiens juchés sur leurs cellulos noirs, armés de rayons, s'emparer d'un homme jeune en l'accrochant par les bras.

Le prisonnier hurla sa peur ou sa folie. Puis la porte se referma dans un claquement sec et lugubre. Même les portes étaient hostiles. Martix n'avait connu que des portes qui se repliaient en douceur. Ici tout était primaire, vétuste. A croire qu'ils étaient enfermés dans une salle d'un autre temps. Une salle de la préhistoire.

La vague des corps qui avait accompagné l'évacuation du fou diminua et s'éteignit progressivement sur ce lac de déchets humains. Les chuchotements résonnèrent encore longtemps. Le silence revint comme une chape indestructible. L'atmosphère habituelle était celle d'un silence pesant, inexorable. La peur d'être entendu. La peur d'être désigné comme fou. Cette rumeur qui entretenait la terreur.

Ce qui différenciait Martix et les autres c'était sa formation d'historien. Quand il se rendit enfin à l'évidence que lui et sa mécanique n'étaient pas une seule et même personne, ses références historiques lui servirent de base pour échafauder une hypothèse. L'évolution de l'être humain n'avait pas été aussi simple. Les quelques vieux films qu'on lui avait laissé étudier, les archives qu'il avait eu le droit de consulter, le conduisirent vers une autre supposition.

Alors, puisqu'il n'y avait rien d'autre à faire, il refit dans sa tête le chemin de l'humanité. Et en remontant ainsi le temps Martix trouva la solution.

Comme il ne désespérait pas de sortir vivant de ce piège, il résolut pragmatique, de suivre un plan bien particulier. Il avait trouvé la faille et il désirait ardemment s'y engouffrer sans se soucier des conséquences. Il n'avait rien à perdre.

Dans l'espoir secret que les cellulos noirs ne viendraient pas le chercher tout de suite…

Martix survécut. Il devint quasi-transparent. Se confondit avec le sol, une espèce de matelas constitué d'alvéoles qui aspiraient les déchets humains. Il avait compris pourquoi ces hommes ne portaient plus leur peau protectrice. Elles avaient perdu leur pouvoir de désintégration. Elles n'étaient plus réactivées par le siège mécanique. Martix avait hésité.

Son instinct de conservation et son imagination alliée à ses références historiques, l'avaient poussé à la conserver.

Il fut nettement plus malin que les autres. Il la déchira de façon à pouvoir assouvir ses besoins naturels, se refusant à se mettre nu.

Il évita de parler à ses voisins. Et s'obligea à demeurer au même endroit. Bougeant à peine juste pour manger. Il occupa toutes ses journées à dormir. Quand il ouvrait un œil c'était pour capter les rares rayons de soleil qui traversaient l'épaisseur du dôme opaque.

Ceux qui le côtoyaient avaient pris l'habitude de le voir ainsi. Son immobilité était un véritable sujet d'étonnement. Martix s'accrocha à la vie comme un insecte indestructible.

Bientôt vint le jour où il fut parmi les plus anciens. Les autres détenus antérieurs à sa venue avaient presque tous disparus.

Ce système particulièrement hypocrite pour mettre à mort des individus, était d'une redoutable efficacité. Personne ne résistait bien longtemps.

Martix avait réussi l'impossible. Tenir et demeurer invisible aux yeux des gardiens. Faire le mort loin des portes. Cette manière d'agir était difficile. Il devait ramper énergiquement pour se nourrir et revenir au centre de la pièce, pour conserver ainsi sa force et son moral. Mais il obéissait au plan qu'il avait échafaudé pour sortir vivant de ce trou.

Avec toujours cette réflexion qui trottinait dans son esprit. Pourquoi avait-il tant de volonté pour lutter ? Pourquoi était-il le seul à vouloir se battre ?

Le temps poursuivit son œuvre. Malgré sa discrétion, il était regardé avec déférence par les autres. Et si personne ne lui adressait la parole car il ne répondait jamais à aucune question, il savait très bien qu'il était craint et respecté. Peut-être même envié mais il n'en avait cure. Il était trop plongé dans sa mécanique de survie.

Quand le soir tombait, que la nuit recouvrait toute l'horreur de cet endroit, il se remettait à espérer dans le noir absolu. Son visage trahissait alors un sourire d'une future victoire.

La nuit il ne dormait pas…

Le jour tellement attendu arriva. Martix avait vieilli. Beaucoup. Les nuits passées s'étaient perdues dans les nombreux tiroirs de sa mémoire. Mais cela avait été nécessaire. Il était toujours vivant et mentalement il était prêt à passer à l'action. Il s'était dit qu'il devait agir avant qu'il ne soit trop tard. Un accident pouvait survenir.

Certains le détestaient car il n'était pas normal qu'il soit encore là. La jalousie des condamnés était parfois sans pitié. Une nuit, un amalgame d'ondes télépathiques de plusieurs individus avait presque réussi à briser sa défense psychique. Cette fois-là, il était sorti vainqueur de ce duel. Mais à la longue, son cerveau risquait d'être sondé. Et rien ne garantissait que ces voleurs de pensée n'étaient pas à la solde des gardiens.

Le moment était favorable. Il annonça à son plus proche voisin :

- Je suis fou ! Je suis fou !

D'entendre ainsi sa voix était étrange. Il en avait oublié la résonance. Pour prouver ce qu'il disait, il se leva. Exploit ! Ceux qui parvenaient à se dresser sur leurs jambes atrophiées retombaient lamentablement. Mais Martix resta debout un peu plus longtemps que les autres.

Puis il s'affaissa.

Durant les jours qui suivirent, il recommença plusieurs fois son manège. Martix hurla souvent sa démence.

Ceux qui l'entouraient savaient que pour lui la fin approchait. A proximité d'une des portes, il ne laissa aucun répit à ceux qui essayaient de dormir la nuit.

- Pourquoi fais-tu cela ? lui demanda un jeune homme chétif.

Stoïque, hargneux, il répondait :
- Je suis malade. Je veux me rejoindre !

Paroles sulfureuses qui faisaient taire tout dialogue.
Puis un jour une porte s'ouvrit. Juste après son exploit quotidien. Celui de se planter bien droit, en équilibre sur ses deux jambes. Au-dessus de toutes ces têtes hideuses qui le dévisageaient.
Deux gardiens se précipitèrent. Quand il les vit, il eut peur. Mais s'il ne cessa pas de crier, ce fut uniquement pour simuler. Jouer encore son rôle. Sa détention avait duré longtemps. Il avait perdu le compte exact des jours. Il avait espéré avec tant de force qu'il sortirait de cet endroit que la joie, la jubilation et la peur se mélangèrent curieusement. Martix avait remporté la première manche.

Quand les mains gantées d'un métal froid et dur le saisirent aux aisselles, il se laissa emporter, se débattant pour la forme. Il cria même tout ce que ses poumons contenaient d'oxygène. Il s'était forgé une volonté d'acier. Derrière ses gesticulations, l'ouverture maximale de ses yeux cherchèrent la faille. Car tout devait partir de ses yeux.
La porte franchie, il n'entendit plus la rumeur liée à son départ. Martix apprécia cette nouveauté. Ce qui lui arriverait désormais serait autrement stimulant que tout ce qu'il avait enduré dans ce mouroir pourri. Même la mort, si la fantaisie la prenait de se saisir de lui, serait paradoxalement plus vivante. La mort ne pouvait qu'être qu'une façon plus digne de s'évader puisque c'était lui qui avait décidé d'aller à son encontre.
Il avait établi des limites à son désespoir. Maintenant qu'il les avait franchies tout pouvait lui arriver. Il n'avait plus peur.

Le sifflement des sièges était discret. Ils se déplaçaient vite. Martix cessa de se démener. Ils traversèrent plusieurs salles vides, analogues à celle de sa détention. Les bâtisseurs de cet ensemble avaient, semblait-il, prévu grand.
Les hommes qui l'entraînaient étaient jeunes et la force qui émanait de leur visage hermétique, était celle que leur avaient

apportée les longues séances d'entraînement propres aux policiers. Leur cage thoracique était développée. Leurs bras puissants et noueux étaient pourvus de muscles à toutes épreuves. Les doigts métalliques qui mordaient sa chair étaient de véritables pinces. Les sièges étaient plus grands, plus véloces et dissimulaient des armes meurtrières. On le disait…

Martix comme les autres n'avait jamais eu l'occasion de le vérifier. Même quand il exerçait et qu'il possédait encore ses entrées dans certains endroits officiels. Les hommes armés étaient rares dans les chemins de la vie courante. Ils étaient ailleurs. Dans des lieux certainement privilégiés qui leur appartenaient. Là, où siégeait peut-être le conseil supérieur. Mais personne ne savait dans son entourage de petit professeur combien étaient-ils pour cet honneur suprême ?
Ils le déposèrent dans un transporteur en tout point semblable à celui du premier jour et de la même façon lui administrèrent une drogue avant de refermer la porte. Il sentit l'appareil s'envoler puis il tomba dans un sommeil profond.
Quand il se réveilla, il faisait jour. Il était assis sur une chaise morte. La même que celle de l'hôpital concepteur. Même couleur… Elle était juste plus élevée et ses pieds ne touchaient pas le sol.
Mais l'endroit était différent. Cette pièce avait la particularité d'être parfaitement ronde, comme l'intérieur d'une boule. Aucun angle. Aucun meuble. A l'exception de la fameuse et si terrible chaise rouge. Une porte rectangulaire fermée était l'unique issue. Étrange lieu où il était encore abandonné.
Martix chercha dans les murs un indice, une ouverture autre. Mais il ne trouva rien. Il présuma qu'il était observé mais peut-être n'était ce là qu'une idée fausse de sa part ? Aussi, ne bougea-t-il pas. Immobile. Il patienta un très long moment. Il essaya même plusieurs fois des contacts télépathiques mais il se heurta au mur qui faisait écran.
A la fin, il s'endormit. Il en avait pris l'habitude. C'était aussi une façon de combattre, d'effacer le temps qui était sensé le détruire.

La faim le réveilla. Coincé sur cette chaise en métal, sans confort, qui lui entaillait le dos, il chercha vainement pour se reposer une position plus satisfaisante. Se tournant et se retournant, il ne savait plus comment se mettre pour lutter contre les crampes. Il aurait été si bon de s'allonger. D'étirer son dos. Reposer sa nuque sur un appui moelleux. A bout de résistance, il décida de quitter la chaise.
Il glissa sur le sol précautionneusement.

Puisqu'il n'était pas attaché pourquoi se gênerait-il ? Le sol de couleur gris galactique était glacial. Intenable. Certainement mortel... Ce sol était un piège destructeur. Il essaya de ramper mais il fut obligé de regrimper précipitamment sur sa chaise. Il réalisa pourquoi la hauteur incongrue de celle-ci.
Il reprit haleine. Maintenant c'était clair. Il était dans une impasse. Sa seule chance de salut était cette porte. Et il n'avait aucune certitude quant à savoir si elle s'ouvrait. Il était plus sage d'attendre une opportunité.
La manière d'agir de ses anciens compatriotes était d'une inflexibilité que jamais il n'aurait pu supposer auparavant. Ils étaient sans pitié. Le traitaient comme un vulgaire cobaye de laboratoire. Ils n'avaient tenu aucun compte de sa sensibilité. De ce qu'il avait été, de sa droiture exemplaire. Pourquoi lui et ses compagnons d'infortune étaient-ils laissés pour compte ? Abandonnés ainsi à une mort certaine. S'ils étaient un réel danger pour la société, pourquoi alors entretenir si longtemps leur agonie ?

Martix commençait à entrevoir la réponse. La religion défendait de tuer son prochain. Puisque cela était interdit, ils déposaient les récalcitrants dans des grandes salles. Ils les nourrissaient au nom de la sainte morale en sachant hypocritement que cette situation intolérable conduisait toujours à une fin prématurée.
Et quand un de ces pauvres diables devenait trop résistant, il était isolé. Ils appliquaient les mêmes principes ou presque puisque la nourriture n'était plus prévue dans le deuxième cas.
Mais peut-être était-elle derrière cette porte ? Comment dans ce cas y parvenir sans succomber ?

La notion du temps lui échappa. Il se rendormit mais un cauchemar ignoble vint nuire à son sommeil. Cauchemar qui était à l'origine de sa déchéance. Mais qui était aussi le commencement de la libération de son esprit.
Mentalement Martix était encore fort. Il jugula la panique et avant qu'il ne soit trop tard, il décida de renouveler sa tentative. Il se tendit et allongea la jambe droite pour tâter le sol du bout de son pied. Il était toujours aussi froid.
Il se donna un temps limite de réflexion. Il était coincé. Il prit donc à contre-cœur la résolution de dévoiler son arme. Tant pis s'il était observé. Il n'avait plus le choix.

Pendant des nuits entières, dans la tranquillité du noir absolu, dans cette immense salle de prison, il avait appris à se déplacer, à se servir de ses deux jambes. A l'image de l'ancêtre blond. Bien avant toute cette sombre histoire, lorsqu'il était dans son cellulo, lors d'un changement de peau protectrice, il s'était souvent prouvé par amusement qu'il était capable de se tenir droit sans s'agripper aux barres de soutien.
Inconsciemment, son cauchemar permanent l'avait beaucoup stimulé dans cette voie. Plus tard, les projections de ce sauvage préhistorique qu'il avait présenté à ses élèves, courant sur une plage avaient renforcé cette idée.
Pourquoi n'y serait-il pas arrivé lui aussi ? Où étaient les obstacles ? Les jambes et les muscles existaient.
Dans la solitude de sa prison, la volonté avait été l'outil. L'intelligence avait donné naissance au mouvement. C'était là l'unique révolution. Martix avait réussi l'impossible.

Au fil des nuits, il avait fait le tour de la salle immense en s'appuyant sur le mur. Personne n'osait s'y adosser pour dormir. La proximité des portes faisait peur. Au début il s'était entraîné à se lever et à rester ainsi le plus longtemps possible. Puis il avait inventé un premier pas. Puis un second.
Enfin, il s'était lancé, s'arrêtant très souvent pour reprendre haleine ou pour éviter un mort déposé dans la journée. Dans la nuit totale, il n'y voyait rien. Le dôme ne laissait filtrer que la

lumière du jour pour une raison qu'il ignorait. Mais il était à l'abri des regards inquisiteurs des gardiens.

De cette manière il avait appris à marcher. Ses muscles avaient durci. Il avait été très surpris de constater leur nouvelle ampleur.

Aux cours de ces séances, ses jambes s'étaient développées, affermies. Martix avait peu à peu trouvé son équilibre. Il avait trouvé la façon de poser un pied devant l'autre. Et découvert qu'il était possible de rester immobile, longtemps sans bouger. Puis tout à coup faire un grand bond en avant à pieds joints.

Il s'était souvenu d'une gravure d'enfants jouant à un jeu qui avait beaucoup excité son imagination. Une gravure qui avait été soumise au grand contrôle. Quand il avait la confiance de ses supérieurs. Les petits étaient représentés sautant dans des carrés qu'ils avaient tracés sur un sol régulier, sur une espèce de plancher rudimentaire très courant à cette époque et qui s'appelait le ciment. Il s'était entraîné dans ce mouvement. Il était parvenu à régulariser la cadence de ses pas et à se retourner. Mais quand il avait tenté de courir sur quelques mètres, malgré l'obscurité, comme l'homme blond, il avait eu un blocage.

Il n'y était pas parvenu.

Ainsi, pour sortir de cette nouvelle salle où il était retenu, pour atteindre cette porte qui le narguait, Martix l'humain devait se lever et marcher.

Il hésita de longues minutes. Puis il se décida.

D'un bond volontaire il se dressa sur ses jambes et d'un pas ferme mais un peu saccadé, il traversa la salle. Le froid mordit aussitôt la chair de ses pieds mais il supporta la douleur. Ce n'était l'affaire que de quelques secondes pour atteindre son but. Le sol était légèrement bombé mais fort heureusement il n'était pas glissant. Au contraire. Il atteignit sans trop de problème la porte d'acier.

Il était essoufflé. A la limite de ses forces. Alors que sa tentative avait réussi, malgré un sentiment rapide de fierté, il sut dans l'instant qui suivit que son combat était perdu d'avance.

Comment ouvrir cette porte ? A son approche elle n'avait pas bougé comme toute porte digne de ce nom. Il n'y avait pas, non plus, de poignée comme sur les portes anciennes.

Le temps pressait. Il était impossible de demeurer debout plus longtemps. Ses jambes gelaient. Ses talons et ses orteils s'engourdissaient. Il devait songer à retourner à la chaise. Encore attendre. Dans l'espoir que quelque chose se passe.

Il posa quand même la main sur la porte. Une manière de concrétiser son action. Elle avait été le but à atteindre. Il y était parvenu. Il devait la toucher avant de regagner sa place.

Mais quand il s'appuya dessus, il eut un mouvement de surprise. Elle avait bougé. A peine… D'un millimètre tout au plus. Il avait enregistré un frémissement. Il en était certain. Elle n'était donc pas hermétique.

Martix renouvela aussitôt son geste, avec plus de vigueur. Il obtint ainsi un deuxième et minuscule déplacement. Mais la douleur se manifesta encore. Plus cruellement. Il résolut de regagner sa place pour se reposer immédiatement.

Sur sa chaise, il se frictionna les pieds. Il avait le froid dans tout son corps. Ce qui était étrange c'était que la température ambiante de la pièce était bonne. Il n'y avait que le sol qui possédait cette particularité réfrigérante. Il était bien évident qu'un homme qui aurait été obligé de ramper serait mort avant même d'avoir atteint la porte.

Quand il eut récupéré ses forces, il repartit à l'attaque de cette porte énigmatique. Il la poussa. De nombreuses fois. Se ruant à chaque fois comme un enragé sur cette formidable promesse de liberté. Regagnant sa chaise systématiquement pour se reposer et vaincre la torpeur mortelle qui envahissait chaque fois un peu plus ses jambes.

Martix avait de plus en plus de mal à les réanimer. Mais la porte jouait sur ses gongs. L'espoir extraordinaire qui en résultait décuplait ses forces. Son épaisseur était telle qu'il n'avait pas encore eu la moindre vision de l'extérieur. Pas même un filet d'air !

Enfin son acharnement eut sa récompense. Une raie de lumière apparût. Il s'arc-bouta encore une fois dans un ultime sursaut et la porte daigna bouger lourdement. Puis, soudainement, alors qu'il ne s'y attendait pas, elle pivota toute seule. Vaincue. Aux limites de l'épuisement, Martix fit un pas dehors et il regarda.

C'était la nature dans son hostilité. Il s'était attendu à tout sauf à cela. Le dehors était totalement défendu. Et personne ne s'y hasardait sans une protection rigoureuse, sans une autorisation officielle. Il était ahuri. Que signifiait cette mise en scène ? Le monde de l'extérieur avec ses arbres et ses plantes ne pouvait offrir qu'une mort certaine. Mais ce n'était pas cette angoisse qui paniquait Martix.

La mort il l'attendait de pied ferme. Or devant l'inconnu de cette forêt une peur irraisonnée l'étreignit à nouveau. En réalité cette peur était en lui depuis toujours. Comme pour les autres. Cette peur qu'on lui avait inculquée pour mieux l'asservir. Cela aussi il le réalisa très vite.

Il n'y avait plus un instant à perdre. Le sol était là, à quelques mètres, plus bas. Il s'assit sur le rebord et, n'ayant plus le choix, il se poussa avec les mains. La terre le reçut lourdement sur son humidité de mousse épaisse avec un bruit sourd.

Ce tapis épais, tiède et mou sentait mauvais. Il s'enfonça dedans et le dégoût le submergea. Mais il se reprit aussitôt. Il n'avait pas le choix. Il s'agenouilla pour reprendre haleine. Le soulagement se superposa à son premier sentiment. Après le froid mystérieux et glacial dont il avait été la victime, ce bien-être provisoire était le bienvenu. Il se redressa et fit quelques pas. Il avait hâte de fuir cet endroit. Quitter cette horrible boule prison.

Il escalada à quatre pattes un monticule de cette même terre grasse couverte de mousse. Quand il fut à l'abri derrière la souche d'un arbre immense couché à l'orée d'une clairière, il se retourna. Il contempla avec curiosité cet engin d'où il s'était extrait avec tant de difficultés. Mais il ne s'attarda point. Il risquait à tout instant d'être repris. Il devait fuir.

S'armant d'un courage nouveau et conquérant, il s'enfonça droit devant lui. La forêt sombre était receleuse d'une multitude de pièges. Elle se referma aussitôt sur lui.

Martix était heureux de s'en être sorti vivant. Mais son sort n'était guère enviable. Les dangers étaient nombreux. De toutes sortes. Il ne possédait aucune protection vestimentaire, aucune arme et sa démarche était encore incertaine. Il tombait sans cesse et il éprouvait de nombreuses difficultés pour se relever. Ses pieds s'accrochaient aux racines gonflées. Son corps s'écorchait aux ronces vicieuses des arbres. Il s'entortillait dans des méandres compliqués de lianes folles. Et il recevait dans la figure la gifle régulière des branches, trop occupé à surveiller la position de ses pieds.

Mais il était rempli de ténacité. Sans faiblir, il avança jusqu'à la nuit, jusqu'à l'épuisement.

Martix n'avait rien mangé depuis longtemps. Bien sûr, il avait remarqué des fruits. Mais il craignait de s'empoisonner. Son ancien bar nourricier, transformait les aliments, les fabriquait. Et jamais Martix n'avait goûté ni légume, ni fruit naturel. Beaucoup l'ignoraient mais il était possible de se nourrir de la sorte. Son expérience de professeur d'histoire lui servait encore une fois.

Mais quels étaient les bons fruits, les bonnes racines ? Dans le doute, il préféra s'abstenir et concentra sa dernière énergie dans la recherche d'un refuge pour passer la nuit. Il fabriqua une couche rudimentaire avec de grandes feuilles arrachées à un arbre pour s'isoler de l'humidité. Le froid tombait vite.

Il commençait à éprouver sérieusement des inquiétudes à ce sujet. Sa peau protectrice suffirait-elle à le protéger ?

La température durant la journée avait été correcte. Même relativement chaude. Il avait entendu dire que dans ces contrées visitées régulièrement par des soldats volontaires, le contraste des températures était tel qu'il existait un risque énorme à passer la nuit dehors. Même avec un matériel approprié.

Refoulant ses pensées négatives dans un tiroir oublié de son cerveau il appela le sommeil. Martix la mécanique n'était plus là pour le servir, pour filtrer ses angoisses. Quand il sombra dans le repos il était épuisé.

Au cours de la nuit, il fut réveillé par des cris lugubres qui le firent sursauter d'effroi. Et qui l'empêchèrent de se rendormir. Ce fut dans un état de semi-sommeil, aux aguets, tremblant de froid et de peur, qu'il attendit le retour du soleil.

Le matin fit enfin son apparition. Martix se leva, s'étira. Malgré ses courbatures, rassuré par la clarté du jour, il éprouva une nouvelle fierté pour avoir survécu ainsi à l'épreuve de la nuit. Et tandis que l'astre aux mille feux réchauffait la forêt de ses rayons rédempteurs, il se mit en quête de nourriture.
Il s'arrêta devant un massif aux feuilles rougeâtres qui croulait sous le poids d'une multitude de petits fruits dorés, agencés en d'innombrables grappes aussi grosses qu'un poing et qui attira son attention. Il en détacha un et le pressa délicatement entre ses doigts pour en éclater la peau qui était d'une finesse extrême. Le jus s'échappa et il le goûta en suçant d'un coup de langue son doigt. La peur du poison était encore présente dans son esprit. Mais c'était encore un pari pour aller plus loin. Jusqu'alors il avait toujours gagné et progressé.
Il aima l'aspect sucré de ce fruit légèrement acidulé. Il en dégusta plusieurs. Puis il repartit avec prudence vers d'autres expériences alimentaires. Il jeta son dévolu sur plusieurs fruits et sur des racines tendres qui attirèrent son attention par leur couleur éclatante. Satisfait, le ventre calmé, il se promit qu'il ne mangerait plus désormais que ce qu'il avait référencé.
Le soir il s'installa pour une deuxième nuit. Martix s'écroula comme une masse. Il avait du retard à rattraper.

Un rugissement effroyable le projeta hors de son abri précaire dès les premières lueurs de l'aube. En face, à quelques dizaines de mètres, un énorme animal, nanti d'une impressionnante mâchoire, le fixait. Un carnassier… Il mesurait quatre à cinq fois plus haut que sa propre taille. Couvert d'un pelage roux à poils courts, son museau camus et ses grands yeux larmoyants lui donnaient un air malheureux qui contrastait étonnamment avec son agressivité. La bête observait ce petit animal humain qui n'osait pas bouger devant elle.
Mais avec la même rapidité avec laquelle elle était apparue, la visiteuse matinale poussa un deuxième rugissement et d'un pas souple s'enfonça dans un taillis. Elle laissa Martix planté dans sa peur qui faute de mieux se perdit entre deux explications Ce monstre avait déjà mangé. Ou bien il n'aimait pas les plats nouveaux..

Un autre appel se fit entendre. En fait c'était un ensemble de cris, de petits miaulements aigus, souvent étirés dans de longs déchirements de gorge. Une meute arrivait. Du coup Martix sortit de son immobilité.

Il avisa un arbre hérissé d'une multitude de branches et s'y réfugia sans tarder. Il n'était pas encore très agile dans ce genre d'exercice mais les efforts quotidiens qu'il pratiquait chaque jour consolidaient son corps et ses membres. Il cessa de grimper jugeant qu'il était assez haut pour passer inaperçu. Le faîte de l'arbre, juste au-dessus de sa tête pliait sous un vent sifflant et froid. A cette hauteur il était impossible d'éviter les déplacements d'air. Surtout à une heure encore si matinale. Il frissonna dans un tortillement de colonne vertébrale. De froid et de peur.

La masse hurlante progressait. Elle lui flanquait une sacrée frousse. Le fauve avait été moins impressionnant. Sans doute son côté larmoyant. Mais ces cris étaient insupportables. Les feuilles de son arbre étaient armées de minuscules épincs qui avaient lacéré toutes les parties de son corps durant son ascension éperdue et désordonnée. Maintenant il avait mal. Il se recroquevilla sur sa branche, perché comme un oiseau blessé. Il attendit. Ses chevilles tordues par cette position d'infortune, souffrirent le supplice. Ses jambes étaient encore fragiles, peu habituées à ce genre d'exercice, mais en aucun cas il ne se permit de bouger la moindre parcelle de son corps quand le torrent de chair et de griffes déferla sous lui.

Des centaines de petits animaux, guère plus épais que son avant-bras. Couverts d'un pelage noir aux reflets argentés ils se déplaçaient avec une vitesse inouïe, serrés les uns contre les autres. Certains trébuchaient, étaient propulsés dans les airs par la masse compacte. Puis ils retombaient, et reprenaient, cahin-caha, leurs courses effrénées. Par contre tous ceux qui passaient dessous disparaissaient sous le hachoir de ces milliers de pattes armées, tranchantes, pour ne jamais se relever.

La meute chassait.

Le spectaclc était ahurissant. Martix imagina sans peine ce qui se passait quand un être vivant était pris dans cet effroyable piège. Il en oublia le froid et même de trembler. Il se mordit toutefois les doigts pour éviter de laisser libre cours à l' angoisse.

Le professeur n'avait jamais vu d'animaux. Théoriquement, ils n'existaient plus que dans les archives du passé. La religion, des « cent pour cent » avaient gommé du paysage quotidien tout ce qui n'était pas humain. Un mensonge supplémentaire qui ouvrait le début d'un nouveau chapitre sur l'évolution de son aventure.

Encore tout hébété, il recouvra son calme lorsque cette horde grouillante et mortelle ne fut plus qu'un mauvais souvenir.

Le fauve avait fui précipitamment. Martix avait eu beaucoup de chance de ne pas être repéré par ces animaux machiavéliques qui savaient grimper aux arbres avec une agilité remarquable. Car il les avait reconnus. Des réminiscences de son savoir de professeur lui revenaient encore une fois soudainement. Des clichés datant de l'époque de ses examens.

L'homme d'autrefois utilisait certains petites bestioles pour atténuer les effets de la solitude. Un mal oublié depuis lors grâce à l'électronique vivante.

Le plus commun des ces compagnons était un petit félin dont il ne se rappelait plus le nom mais qui ressemblait, il en était sûr, à ceux qui avaient failli le surprendre. Ils ne s'attaquaient qu'à de très petites proies et ne vivaient qu'à travers les caresses des hommes. Du temps où celui-ci n'en était pas encore un, suivant les préceptes de la religion.

Ce souvenir pesa sur son obligation de redescendre. Juché sur son arbre, il resta coincé dans cette idée. Sa peur s'évapora. Cet instant fugitif était pourtant de la plus grande importance. Il désirait brusquement en saisir la quintessence. L'homme au contraire n'avait-il pas cessé d'exister quand il était devenu dépendant de la mécanique ?

Martix ne possédait plus de cellulo. Seulement il se rendait bien compte que la vie continuait. Il avait appris tant bien que mal à bouger, lever les talons, à marcher. Il en avait récolté un plaisir ineffable. Et surtout cela lui avait procuré un tel avantage sur les autres prisonniers qu'il avait réussi par ce moyen à s'échapper.

Il eut cependant une pensée émue pour sa partie mécanique. Il ne pouvait pas effacer tant d'années sous prétexte qu'il avait été berné. Existait-elle toujours malgré leur séparation ? Était-elle morte comme l'avait affirmé le médecin ou débranchée, démontée ou transformée ?

Martix évoluait plus aisément dans les couloirs de son cerveau. L'enchevêtrement inextricable des millions de renseignements enregistrés au long de son existence, ce mélange de données multiples, par la pure magie, la pure chimie de la liberté, se modifiait pour devenir un matériel de réflexion plus élaboré, plus clair. Martix organisait son intelligence.

L'homme faisait fausse route. La société s'enfermait dans une espèce de monde qui au demeurant semblait solide mais qui en réalité était rongée par une ravageuse gangrène. L'obsession de la perfection. Les « cent pour cent » de la religion. Tout ce qui ne rentrait pas dans le cadre de cette idéologie était détruit sans plus attendre. Le reste de la planète, tout ce qui restait inachevé, un peu bancale ou bêtement vieilli, oublié, devait-il être cassé ou jeté ? Pourquoi les siens étaient-ils obligés de se protéger ainsi ? Pourquoi les obligations aériennes ? Pourquoi le dôme sur la ville ? Pourquoi cette sempiternelle censure ?

Il avait maintenant une certitude. Ils n'étaient pas seuls comme on leur enseignait. Il existait d'autres lieux, d'autres mondes, végétal ou autre. Massie était-elle la seule cité ?

Descendu de son perchoir et sous l'influence encore de son agitation mentale, il s'installa sur une dalle de granit.

Martix remarqua des signes mystérieux gravés par des hommes anciens. Peut-être les vestiges d'une vieille forteresse ? Mais il ne restait plus rien.

Le sourire alors qui inonda le visage de cet homme nouveau qui se découvrait se transforma en un véritable fou rire. La liberté. Le sens profond de la liberté. Cette notion abstraite qu'il ne connaissait pas, expressément défendue par la morale, devenait plus palpable. Elle lui donnait un sentiment neuf de délivrance. Pouvoir se dire que le lendemain serait différent du présent.

Que le soleil n'éclairerait plus le même paysage. Qu'il n'y aurait plus de cellulo, plus de siège, plus de classe à faire, plus d'ordres philosophiques, de rêves organisés, ni de méditations forcées. Plus d'hôpital concepteur. Et plus de forêt des plaisirs. Plus de Manaella !

Il soupira en évoquant son amie. Malheureusement la jeune femme était comme ceux qui détenaient le pouvoir. Comment en étaient-ils arrivés à prendre de pareilles décisions ? Eux les sages d'entre les sages... Pourquoi toutes ces interdictions ? Pourquoi avait-on transformé l'homme en cette espèce de robot ? Pour le perfectionner, pour mieux l'asservir ? Les rares privilégiés, qui étaient-ils ? Et surtout, surtout... savaient-ils marcher ?

Martix était livré à toute sa pensée quand le ciel se zébra d'un grand trait rouge. Un cellulo passait. Il se dressa d'un bond et fixa intensément la petite lueur qui se déplaçait dans un ciel gris bleu. Les deux mains devant les yeux pour se garantir de la violence du soleil, il le suivit jusqu'à le perdre dans le flot des nuages blancs et cotonneux.

Il reprit sa route, pensif. A une époque, dans la quiétude de son cellulo, il avait survolé quelques régions comme celle-ci.

Aujourd'hui il payait le prix de sa liberté. La souffrance du corps. Il avança et oublia ce qu'il avait été.

Concentré uniquement sur ses pas, sur les obstacles à franchir, il modula sa force en réserve.

Il calcula sa résistance. Jamais il ne lui vint à l'esprit de maudire ceux qui l'avaient propulsé dans cette situation. Toutes ces années auparavant il avait été heureux. Malgré la dureté de ces heures nouvelles, il appréciait cent fois plus la vie.

La curiosité, ce moteur qui l'avait poussé dans l'étude de l'histoire avait éclaté en une multitude de directions. Le clabotage des interdits, l'infinité des rouages de ce monde dans lequel il n'avait été qu'une simple pièce, étaient un terrain propice à sa prospection intellectuelle. Savoir pourquoi sa ville était devenue ce qu'elle était en réalité. Si peu humaine ! L'avenir était dans le passé. C'était là qu'il devait chercher.

Durant les heures qui suivirent Martix marcha. Cet exploit maintenant n'en était plus un. Pourtant, seul face à la forêt, loti sur le même plan d'égalité avec le plus inoffensif des animaux, ou le plus dangereux, rien ne pouvait enlever cette fierté qu'il portait en lui. Marcher était devenu un acte révolutionnaire. Son cellulo, sa partie mécanique avait prononcé ce mot qui avait tout déclenché. Pourquoi les médecins de l'hôpital concepteur s'étaient tant acharnés à le questionner sur ce sujet ?

Sa mécanique n'avait jamais été folle. Ce mot terrible « révolution » était le reflet de quelque chose qui logeait dans ses gènes. Mystère.

Seule la mécanique avait su lire dans le cœur de sa partie humaine avec autant de lucidité. Une mécanique ne pouvait inventer un concept pareil.

Avant même, qu'il en ait eu conscience, elle s'en était emparée, l'avait analysé. Puis, aussitôt mis en en pratique en s'échappant droit vers la lune

Il progressa dans cette immense forêt pendant presque une cinquantaine de jours. Traversant des plaines d'herbes hautes, d'autres couvertes d'un sable doré et profond. Mais toujours retombant dans les entrailles de cette jungle qui n'en finissait pas d'étaler ses miasmes. Mais, en contrepartie, une forêt qui pourvoyait sans cesse et avec grande générosité à l'abondance alimentaire nécessaire à sa survie.

Un jour, il tomba en arrêt devant une belle rivière. Elle était constituée de méandres rapprochés qui coulaient d'une eau paresseuse et verdâtre. Un peu plus loin il dénicha une carcasse d'un grand carnassier et remercia encore une fois sa bonne étoile qui jusqu'à ce jour l'avait tenu éloigné de ces meutes mortelles et félines.

Heureusement cette forêt recelait davantage d'oiseaux bigarrés que d'animaux terriens et hostiles.

Maintenant il escaladait avec la plus grande dextérité n'importe quel arbre.

Un soir, il grimpa donc à la toute extrémité d'un vieux tronc agonisant, tordu, comme il le faisait régulièrement deux à trois fois par jour, afin de s'orienter. Il espérait toujours aboutir à la fin de cette suite interminable de forêts entrecoupées de clairières vides.

Parfois il pensait qu'il serait intéressant de rencontrer une ville, un lieu d'habitation, un village comme dans le passé. Mais rapidement son délire cessait. La dure réalité de son quotidien sauvage et désespéré reprenait le dessus.

Il attendait philosophe que son destin veuille bien lui proposer un autre plan, une autre épreuve. Mais jusqu'à quand ? Il ne savait pas. Cette incertitude, loin de le démoraliser, au contraire le stimulait.

Ses concitoyens au sein de leur ville vivaient dans une telle rigueur que leur avenir était la réplique même de leur passé. Même leur mort, baignée du parfum mystique des « cent pour cent » était écrite déjà à l'avance. La mort était inévitable pour chacun mais elle était devenue standard. Tout le monde mourait de la même façon. De la même maladie. La vieillesse. Et suivant un rituel dicté par les prêtes quand l'échéance arrivait.

Personne ne pouvait s'y soustraire quand la date avait été décidée.

Ainsi avoir une mort surprise était devenu pour Martix une nouveauté à laquelle il goûtait sans peur. Avec une certaine ivresse.

Après le fameux passage, était-ce comme on leur rabâchait sans cesse les oreilles lors des offices obligatoires ? Et si cette religion, les « cent pour cent », était un leurre ? Il en avait maintenant la quasi-certitude. Mais par quoi la remplacer ? Par un dieu de simplicité sans désir de domination. Et si la mort s'ouvrait sur un monde de rien. Un néant insondable et sans fin comme l'espace ?

Du haut de son arbre, il vit sur la droite, une montagne qui dépassait ostensiblement l'horizon vert et agité de ces millions d'arbres. Martix ne parvenait pas à se faire à l'humidité de cet endroit, à son obscurité. Mais la chaleur de la journée était telle que sans cet immense chapeau végétal, il serait mort et ses os séchés comme ceux du grand squelette qu'il avait découvert.

Ce promontoire élevé éveilla sa curiosité.

Il ressemblait à un amoncellement de blocs énormes, arrondis, polis par le temps ou par un outil quelconque. Qui pouvait le dire ? Il était trop loin pour vérifier. Coincés les uns sur les autres ces rochers étaient dans un étrange équilibre. C'était comme si une gigantesque épierreuse avait nettoyé la forêt et accumulé ces gros cailloux dans ce coin oublié.
Il mit presque trois jours pour atteindre cet endroit.

Quand il fut devant le premier bloc Martix comprit qu'il n'était pas au bout de ses peines. Certaines de ces parties taillées dans de prodigieuses masses granitiques étaient plus hautes qu'un cellulo. Comment toutes ces pierres étaient-elles arrivées là ? Martix n'était pas assez féru de géologie pour avoir la réponse.
Entre les blocs, de la terre s'était accumulée. Des arbres vivaces avaient profité de l'aubaine pour s'y établir. De longues racines s'y entrelaçaient et ressurgissaient dans le vide, sur quelques mètres, avant de faire demi-tour et de replonger dans le premier interstice venu, avides de cette terre qui donnait vie. Quelques-unes de ces racines devenues énormes avaient disloqué des parties de l'ensemble en créant des éboulis figés dans une immobilité précaire.
Martix s'était immobilisé dans une contemplation respectueuse. Le charme inouï de cette montagne le paralysait. Quelque chose d'étrange s'en dégageait. Il s'ébroua de cette attitude et sans plus attendre posa le pied sur la première marche de ce temple naturel. Il entreprit d'escalader cet ensemble extraordinaire. Le sommet invisible semblait avoir été incréé. Sommet devenu la nouvelle étape de sa quête vers la liberté.

Il risqua plusieurs fois se rompre les jambes qu'il avait encore fragiles. Il s'écorcha les genoux et reçut sur le pied un rocher qui s'était détaché et qui le blessa cruellement. Sous le choc un cri lui avait échappé. Courbé en deux, il était resté un long moment à frictionner son membre tuméfié. Enfin, la douleur disparue il avait repris son ascension.
S'il avait possédé une paire de chaussures comme ses lointains ancêtres ou une peau protectrice conforme à cet environnement

hostile… Il n'était pas bon pour le moral de ressasser certaines idées. Il se barricada l'esprit.

Martix mit l'après-midi pour atteindre le tiers du chemin. Il était exténué. Le soir tombait. Il était plus prudent de songer au repos. Il décida de passer la nuit, blotti dans une cheminée. Il se confectionna un matelas de mousse sur un lit de ronces qu'il fut obligé de découper avec les dents pour bricoler sa couche. A l'aube, frissonnant, il se secoua et reprit aussitôt sa course.

Il n'avait pas dormi, gêné par le froid. Il s'était défendu du mieux qu'il avait pu, recroquevillé, revenant inlassablement à l'autosuggestion pour se réchauffer. Mais il n'avait pas trouvé le chemin qui séparait la théorie et la réalité qu'il n'avait jamais pratiquée. Malgré tout, cet effort intellectuel lui avait permis de lutter et de ne pas succomber au froid.

En réalité, il n'avait pas assez réfléchi. Il aurait dû arrêter sa progression. Redescendre pour s'organiser. Se confectionner une bonne couverture de feuillages, comme il en avait pris l'habitude, et faire provisions de fruits. Il n'avait rien avalé ni bu depuis la veille. Mais cette montagne ridicule le narguait et il escomptait bien en terminer avec elle dans la journée.

Il avait mal dans tout le corps. En milieu de journée il fut récompensé de ses efforts. Une dalle en équilibre instable au-dessus d'un précipice était la dernière difficulté avant d'arriver au point culminant. A quatre pattes il s'y aventura et prit soin de passer en son centre. Mais quand elle bascula sur le côté il crut qu'il allait basculer dans le vide. La volumineuse plaque, heureusement se cala, et ne bougea plus. Il était arrivé.

Debout, le visage fouetté par un vent violent, il scruta, avec une curiosité mêlée d'empressement, l'horizon. Il fut déçu. Il pensait découvrir un autre décor derrière la masse énorme qu'il venait de vaincre. Il n'aperçut qu'une mer de verdure à l'identique de celle qu'il avait derrière lui. Il était complètement isolé. Perdu, désemparé, Martix accusa un sentiment de découragement.

La solitude commençait à lui peser. Alors, il se mit à parler. Tout haut. Longtemps. Monologue, mi-raison, mi-folie, qui déconnecta son cerveau englué par les dizaines de questions qui l'étreignaient.

Calmé il se motiva. Il devait continuer sa marche forcée. Tant qu'il aurait à manger. Tant qu'il pourrait se couvrir la nuit. Tant qu'il aurait encore la force de grimper aux arbres pour éviter d'être dévoré.

Les yeux égarés dans le blanc du ciel, Martix ne vit pas les inscriptions dans la pierre sur laquelle il venait de prendre place. Il avait tant désiré découvrir la sortie de ce labyrinthe qu'il ne s'était pas rendu compte sur quoi il était installé.

A la longue, quand ses doigts qui jouaient avec les raies creusées dans le granit et qui n'étaient autres que des signes cabalistiques gravés par une main ancienne, que la peau du bout de ses doigts eût envoyé plusieurs fois au cerveau qui ne voulait rien capter le message d'étrangeté qu'elle lisait, et qu'enfin sa conscience réagisse à l'appel incessant de ses doigts impatients, il se leva et se pencha sur son siège improvisé. Il n'était pas expert en épigraphie mais il trouva relativement vite la solution idoine à cette nouvelle difficulté.

L'auteur de ce dessin lui indiquait clairement l'entrée d'un passage à travers les rochers. A peine quelques pas. Perplexe il chercha. Le sommet de cette étrange pyramide n'était pas très grand. Il découvrit rapidement une petite porte qu'il poussa par pur réflexe et qui à sa grande surprise pivota sur elle-même par un prodige d'équilibre. Taillée dans le roc elle se confondait avec son environnement. Martix, songeur, se demanda depuis combien de temps elle était là.

Un couloir sombre s'ouvrait devant lui. Un escalier descendait. Preuve incontestable que cet endroit appartenait au passé. A tâtons, armé de son courage, il compta les marches. Mais il abandonna rapidement car la lumière du jour que dispensait la porte d'entrée s'estompait de plus en plus. Il devait faire preuve de toute sa concentration pour progresser dans le noir. Il descendit ainsi un long moment. Puis il s'arrêta ne sachant quelle décision prendre. Il hésitait à descendre davantage.

Il se traita d'idiot et reprit sa marche lentement. « Advienne que pourra », pensa-t-il. Il descendit encore et encore et perdit la notion du temps. Avait-il progressé ? Il supputa après une intense réflexion qu'il avait certainement atteint le niveau de la forêt et même sans doute était-il encore descendu plus bas ?

Cet escalier interminable, véritable œuvre d'art d'un temps révolu cessa quand même sa descente infernale. Il naviguait aux confins de sa limite physique. Une porte en acier obstruait le passage. Par chance elle n'était pas fermée.

Maintenant, Martix évoluait avec davantage d'aisance dans cette atmosphère oppressante. Ses yeux s'étaient habitués à l'obscurité. Il distinguait les formes qui l'entouraient. A mieux cerner l'espace qui l'enveloppait. Pourtant un peu de lumière balayait l'endroit. D'où provenait-elle ?

Au cours de son avance il rencontra trois portes. Il se posa la question à savoir ce qu'il adviendrait s'il se heurtait à une quatrième hermétique. Remonter dans l'état de fatigue où il était c'était improbable. Il avait présumé de ses forces. Il jouait à un jeu dangereux. Sa seule alternative était de poursuivre et de réussir à trouver une sortie.

La pièce qui suivit était une espèce de hangar dans laquelle des débris de bois et de fer étaient entassés donnant l'image d'un véritable abandon. Cet amas pêle-mêle était un véritable trésor culturel. Martix s'y attarda découvrant avec ravissement des objets de cuisine, des outils archaïques dont un qui se nommait « tournevis » ainsi qu'un récipient dans lequel certainement il y avait eu un liquide. A côté gisait un bouchon métallique noirci par le temps et la poussière.

La clarté était plus forte. Une autre porte, encore une, attira son attention. Il la poussa mais celle-ci résista. « Il y était ! C'est la fin du parcours. » Annonça-t-il à voix haute pour se rassurer. Ou conjurer le mauvais sort. Mais à la réflexion, il existait certainement une solution.

Ce fut rapide. La porte était mince. Il dénicha un solide bout de ferraille qui avait été oublié par terre. Il le glissa dans la fente de la porte et força de tous ses muscles, de toute sa volonté. Il avait réussi à ouvrir celle de sa prison volante. Il n'y avait aucune raison pour qu'il ne puisse pas ouvrir celle-ci. Il y eut un craquement et la porte céda.

La lumière de ce nouveau couloir, de ce dernier couloir était plus dense. Il approchait…

Une cinquième porte, à qui il fit subir le même traitement, le retarda encore deux minutes et la stupeur le stoppa quand elle s'ouvrit. Immobile comme un homme qui se serait statufié par la seule volonté d'un dieu courroucé.

Un cellulo rouge posé sur une plaque tournante Une rivière souterraine que l'on entendait gronder et qui actionnait un système hydraulique. Martix, figé, regarda cette mécanique avec une attention médusée. Ce cellulo était différent de ceux qu'il connaissait. Il n'osait pas s'approcher tant il était intrigué par l'aura de ce lieu étrange.

Cet appareil bizarre était d'une forme allongée. En réalité c'était un semblant de cellulo. Peut être un ancêtre lointain.

Il s'approcha. Il le détailla avec attention. Un trait de lumière qui filtrait d'une ouverture étroite taillée dans le plafond se posait délicatement sur le toit du cellulo et l'enveloppait d'un halo trouble qui dégageait une ambiance quasi sacrée. C'était beau et mystérieux.

Martix osa s'approcher. L'appareil était couvert d'une couche de poussière. Il passa la main avec précaution sur le côté, fit voler la saleté et découvrit dessous une substance transparente.

Il reconnut cette matière : un verre fragile qui pouvait se briser et que plus personne n'utilisait aujourd'hui. A l'intérieur c'était minuscule et surprenant. Des fauteuils noirs. Un tableau de contrôle sans écran et une espèce d'instrument rond qui devait servir à diriger l'engin. Mais ce qui l'étonna énormément fut le nombre de sièges. A priori il existait deux places. Un cellulo double. Jamais il n'avait vu cela ni même en entendu parler.

Il était évident que le cellulo provenait directement du passé. Mais rien de pareil à sa connaissance n'existait. Ou n'avait été inventorié. Il y avait tant de choses cachées que maintenant plus rien ne l'étonnait. Il était devant un des premiers cellulo de l'humanité. Cela ne faisait aucun doute.

Il soupesa avec tristesse combien son savoir de professeur d'histoire était ridicule. Il était blessé dans son amour-propre. La religion des « cent pour cent », le pouvoir des dirigeants, l'avaient grugé lui et ses semblables.

Il ouvrit une portière et se logea à l'intérieur. Il posa par instinct les mains sur le cercle et s'aperçut qu'il était en bois. Il essaya de le tourner mais il était bloqué. A sa droite il vit un levier qu'il manipula avec d'infinies précautions et il déclencha à l'avant du cellulo des cliquetis métalliques qui immobilisèrent immédiatement sa main.

« Certainement un moteur », pensa-t-il , perplexe. Et cela renforça son idée. C'était bien un engin préhistorique.

Il remarqua une minuscule pièce argentée sur le côté du tableau de bord coincée dans une fente prévue à cet effet. Un objet extrêmement curieux. Il la retira, l'examina attentivement et la réintroduisit dans la fente. Il y avait du jeu. Il tourna la pièce dans un sens puis dans l'autre mais rien ne se produisit. Il s'en désintéressa et s'extirpa de cette mécanique. Martix était encore plus intrigué qu'au départ. L'impression qu'il avait eue à l'intérieur de cet engin était indéfinissable. Il était baigné d'un profond respect.

Il s'attarda encore. Autour il y avait des meubles qu'il avait eu la chance d'étudier et qu'il situait approximativement. Ainsi qu'une multitude d'autres objets, tous très beaux, qui brillaient de mille feux, toujours sous la caresse de cette lumière venue du plafond, et qui arboraient des formes étranges dont il ignorait le sens. Des outils. Des armes. Il était perplexe.

Accrochés aux murs il découvrit, malgré l'obscurité ambiante, des représentations. Des images entourées d'un cadre doré. Il en décrocha une et la présenta sous la clarté pour mieux en étudier le détail. Elle représentait le cellulo rouge mais celui-ci était monté sur quatre supports noirs et ronds qui, semblait-il, lui servaient à se mouvoir sur une sorte de bande lisse qui serpentait à travers une vallée du monde extérieur. Un homme habitait le cellulo et il tenait à deux mains le cercle de bois.

Martix décrocha toutes les images. Une bonne dizaine au total. Toutes représentaient le cellulo avec sur certaines le visage de son possesseur en gros plan. Un homme Moderne. Facilement identifiable avec sa tête aux dimensions réduites, pourvue de cheveux noirs. C'était une preuve indiscutable sur l'époque de ces représentations. Martix venait de faire une découverte sensationnelle. Mais cette dernière n'aurait sans doute pas été appréciée en haut lieu. Cela aussi il le savait.

Parmi les meubles de cette immense pièce un en particulier se détachait véritablement du lot. Il était placé dans un coin à l'écart. Sa grandeur, sa forme rectangulaire, son couvercle donnaient à penser qu'il s'agissait d'un coffre. Les agenceurs de cette salle avaient sûrement enfermé quelque chose d'important à l'intérieur.

Martix s'employa à comprendre le système d'ouverture. Il s'agissait de tourner des cercles métalliques gravés chacun de sept signes. Autrefois les anciens pour accumuler leur savoir et le transmettre utilisaient des systèmes d'écriture, des signes conventionnels. Ils étaient la reproduction matérielle de leur langue usuelle.

Martix eut beau se creuser la tête la combinaison demeura un mystère. Pourtant cela devait être simple…

Il retourna au cellulo. Une idée venait de germer dans son esprit. De toute évidence, la facilité avec laquelle il avait pénétré jusque-là, démontrait que ceux qui étaient à l'origine de cette incroyable mise en scène avaient agi en sorte pour éviter justement de décourager le premier visiteur venu.

Il ouvrit la portière et regarda avec davantage d'attention les cadrans. Aucun des signes ne ressemblaient à ceux du meuble cubique. Pourtant il avait l'impression que la solution de l'énigme était presque à sa portée.

Dépité, il claqua la portière. Il regretta instantanément ce geste sacrilège. Il s'assit perplexe dans un coin de la salle. Martix était submergé par la beauté de cette magnifique mécanique qui inlassablement tournait sur elle-même depuis des lustres.

Le mécanisme de cette rivière qui passait dessous était-il éternel ? Il en ressentit les vibrations et se demanda depuis combien de temps ce sanctuaire était-il resté inviolé ?

Quand le coffre arrière du cellulo rouge apparût pour la unième fois, une exclamation de triomphe lui échappa. Au-dessus de la représentation d'un objet métallique qui représentait un cheval cabré sur fond jaune, sur une tablette à même la carrosserie, sept signes étaient gravés. C'était sans doute la combinaison qu'il cherchait. Il retourna lentement vers le coffre. Il était au bord de l'épuisement. Mais la jubilation d'avoir trouvé lui fit oublier sa fatigue.

Il s'agenouilla devant la serrure et manipula les sept cercles s'employant à aligner chaque signe devant l'encoche prévue à cet effet et de façon à reproduire l'ensemble marqué sur le cellulo. Il se doutait que c'était le nom du cellulo : « Ferrari ».

Le couvercle s'ouvrit dans un bruit sec. A l'intérieur il vit des objets qu'il reconnut aussitôt. D'abord il y avait ces fameux supports noirs et ronds qui d'après la reproduction se logeaient sous le cellulo. Il les sortit avec précaution et fut surpris de voir qu'ils étaient creux. Il y en avait cinq en tout et Martix se demanda pourquoi il y en avait un en trop. Il les rangea puis il les posa à côté d'un ustensile cylindrique avec une terminaison mobile qui devait se fixer quelque part et qui attira particulièrement son attention. Un petit dessin tomba à terre. En le déchiffrant, il réalisa que cet appareil servait uniquement à influer de l'air dans les supports noirs qui étaient représentés avec un autre mot : « roues ».

Il comprit dans le même élan à quoi servait l'autre outil qui reposait à côté. Tout simplement à fixer ces « roues » au cellulo après les avoir gonflées bien entendu.

Ensuite il retira une caisse très lourde et comportant plusieurs orifices. La même que celle qu'il avait déjà trouvée abandonnée dans l'autre pièce. Par contre, cette dernière paraissait en parfait état. Sans un gramme de poussière. Un dessin explicatif indiquait la marche à suivre. Des flacons remplis d'un liquide transparent qu'il s'agissait de vider à l'intérieur des orifices. Et cette caisse portait un autre signe distinctif qu'il visualisa :

« batterie ». Le dessin montrait comment la fixer puis ensuite la brancher à l'intérieur du cellulo. Cette manœuvre d'une certaine complexité n'était pas insurmontable pour un être doué de son intelligence.

Enfin, Martix extirpa un troisième et dernier objet qu'il faillit renverser car il était très lourd et surtout très volumineux. Un bouchon qu'il ouvrit avec beaucoup de difficultés. L'étau du temps avait contribué à le bloquer davantage. Une odeur forte et curieuse s'en dégagea. Un dernier dessin expliquait où et comment verser ce liquide puant dans le réservoir du cellulo. Un autre signe s'inscrivait dessous. Il le grava dans sa mémoire comme les précédents : « essence ».

Martix referma tout dans l'immense coffre et verrouilla le couvercle. Ce n'était pas le moment de mettre en pratique ces précieuses explications. Il restait encore un endroit à explorer. Une autre porte plus loin. Elle était ouverte. Lentement il s'avança.

Un cercueil majestueux taillé dans du marbre gris veiné de rose occupait le centre de cette pièce. Le dessus était transparent. Un homme y était déposé. Mort évidemment. Mais parfaitement conservé. C'était l'homme des gravures. Il était revêtu d'une peau grossière, épaisse, certainement efficace contre le froid et les écorchures. A ses côtés il y avait aussi un casque. Cela il savait ce que c'était ayant déjà vu des représentations guerrières des premiers temps. A côté du casque il vit une autre peau protectrice dans la même matière blanche que l'autre mais uniquement pour les mains.

Les murs étaient nus. Ils brillaient d'un éclat de poussières jaunes. De l'or. Métal qu'autrefois les hommes modernes adoraient.

Une troisième pièce attenante à la chambre funéraire, plus petite, recelait une énorme machine froide, couverte d'une multitude de boutons et de plusieurs écrans. De vieux, très vieux écrans… Et Martix en fut très étonné. Il ne savait pas qu'à cette époque les écrans existaient. Il tenta d'enclencher les appareils mais ils étaient morts. Y avait-il une solution pour les régénérer ? Il fit le tour, fouilla partout mais ne trouva rien d'intéressant. Il sortit et se décida à suivre immédiatement les instructions pour remettre en état le cellulo rouge.

Il ouvrit le capot et trouva une fiche qui montrait comment stopper la plaque tournante par un système de vannes cachées. Puis, comment ouvrir une porte qu'il n'avait pas remarquée. Elle était camouflée dans le mur. Mais dont l'existence ne le surprit point. Le cellulo n'était pas rentré par l'escalier.

Martix accrocha les roues une fois gonflées. Puis il chargea et brancha la batterie. Il remplit le réservoir d'essence. Ensuite il ouvrit la porte. Une piste s'enfonçait dans le noir de la terre profonde. Une piste parfaitement plate et lisse. Il s'installa au volant et consulta le dernier dessin.

Les dernières explications traitaient du mode de conduite. Il actionna les pédales avec les pieds, joua avec le levier de vitesse, et il réalisa que la tâche ne serait pas aisée pour un homme tel que lui. Malgré la formidable capacité d'adaptation dont il avait fait preuve jusqu'à maintenant.

Il tourna la clef et appuya sur la pédale de droite. Un vrombissement énorme lui déclencha un violent coup au cœur. Il ne s'y attendait pas. Les cellulos étaient complètement silencieux. Mais il était dans une machine du passé qui n'avait rien à voir avec un cellulo, prolongement du corps humain. C'était ce qu'il avait toujours cru. Jusqu'à ce jour où tout s'était détraqué. Jusqu'à ce mot « révolution » sortie de la cachette où il s'était enfoui depuis sa naissance et peut-être même avant sa conception.

Martix enclencha le levier de vitesse suivant les instructions qu'il avait mémorisées. C'était relativement simple. Quand la vitesse augmentait il suffisait alors de passer la suivante. Doucement il leva le pied gauche et simultanément enfonça le pied droit sur la pédale de droite. Opération barbare mais indispensable. Le cellulo fit un bond en avant, puis deux, puis le moteur cala. Martix recommença plusieurs fois la manœuvre. Enfin il réussit à dompter définitivement le synchronisme de ses deux pieds. Il alluma les projecteurs et d'un air décidé, triomphant tourna le volant pour s'enfiler dans le trou béant.

Il accéléra doucement. Les murs gris défilèrent devant lui. Et par la magie de cet instant unique, le petit professeur retrouva une partie de cette joie enfantine qui lui avait été volée par la mécanique de sa jeunesse.

Il conduisit ainsi un moment, tant bien que mal. La fatigue qui ruinait son corps se manifesta sournoisement et l'attention soutenue qu'il devait sans cesse fournir s'émoussa.

Martix énuméra les données du problème. Il n'avait aucune idée de la durée d'un tel voyage. Il n'avait aucune provision. Il était à bout de force. Maintenant le sommeil empesait ses paupières. Le chemin pouvait être court. La sortie proche. Malheureusement il ne pouvait pas se permettre de prendre ce risque. La piste s'élargissait régulièrement sur un espace plus grand qui lui aurait permis le cas échéant de faire demi-tour. Dès qu'il le put, c'est ce qu'il fit.

A peine fut-il revenu à son point de départ qu'il s'écroula sur son siège. Il dériva dans un sommeil agité et profond. Quand il se réveilla, courbaturé, il avait perdu définitivement la notion du temps.

Ce qui le préoccupa fut son estomac. Il mourait de faim. Son organisme fonctionnait mal. Il n'avait rien avalé. Et comme dans cette fichue salle rien n'était susceptible de pouvoir être mangé, il s'arma de son courage et entreprit de remonter le monumental escalier malgré son extrême fatigue. De toute façon il n'y avait aucune autre solution.

Il gravit les marches de pierre avec la vision des fruits juteux qu'il aimait tant comme fixateur de sa volonté. Il s'arrêta souvent. S'asseyant, la tête enfouie dans le creux des genoux pour reprendre haleine. C'était l'enfer. Il souffrait des jambes. Des dizaines de fois il crut qu'il n'y arriverait pas. Il avait trop présumé de ses forces. Et cet escalier qui n'en finissait pas de tourner était une véritable torture. Il n'avait aucun moyen de mesurer son effort. En était-il au premier tiers ? Ou avait-il fait plus de la moitié ? Mais le fruit revenait et se matérialisait. Rouge et bien gonflé de toute sa saveur sucrée, de toute sa fraîcheur rédemptrice. Et Martix se relevait.

Quand il aperçut enfin la lumière du jour, il sut qu'il avait encore gagné. Son intérieur émotionnel s'emplit d'un immense sentiment de joie et de fierté.
Le vent était toujours aussi fort. Il le fouetta et le revigora. Incapable de fournir le moindre mouvement il s'allongea sur le sol pour récupérer de ses efforts. Quand il songea enfin à se relever, la chance voulut qu'il lève les yeux en direction du ciel.

Une boule-prison argentée se déplaçait au-dessus de la forêt. Elle visait ostensiblement une clairière qui se situait à proximité. Elle était identique à la sienne. L'engin ralentissait de toute évidence. De la hauteur de son observatoire, Martix assista à l'atterrissage. La boule se posa, écrasant la végétation autour d'elle, tournoyante comme une toupie et creusant ainsi un fossé en tout point semblable à celui qui avait entouré sa propre boule- prison.
Interloqué, il la vit s'immobiliser et ne plus bouger. Il l'observa encore un moment. Puis nanti d'un sursaut d'énergie il entama la descente vers la forêt. Deux bonnes raisons lui firent hâter le pas au risque de se tordre les chevilles. La première : se mettre quelque chose sous la dent car il n'en pouvait plus. La seconde évidente : sauver ce malheureux avant qu'il ne s'aventure à ramper sur le sol glacé et meurtrier. Il était fort probable que ce prisonnier ne savait pas se déplacer sur ses deux pieds.

Seynod ouvrit les yeux et contempla d'un regard lucide l'endroit où il se trouvait. Il n'avait pas atteint le milieu de sa vie sans avoir éprouvé ce symptôme bien définissable : celui de la peur. Il s'était toujours tiré des situations délicates grâce à un sang-froid hors du commun et à un sens inné de l'opportunité. Il avait beaucoup œuvré pour accéder au pouvoir. En récompense de ses efforts, de ses luttes d'alcôve où il excellait, il avait obtenu une position enviée au sommet de l'Église. Il avait goûté ainsi au breuvage de la puissance. Mais le calice du pouvoir lui avait échappé des mains. Il s'était retrouvé dans ce lieu incongru.

Sa peau protectrice, rouge et violine, témoignait encore de sa position de « Grand Prêtre ». C'était un homme altier, habitué à être obéi, servi, et qui possédait un visage modelé dans une raideur hautaine et méprisante. Il était pourvu d'une mémoire phénoménale et doué aussi d'une immense capacité de travail. Son seul privilège avait été d'échapper au passage du mouroir. Ce passage avilissant et dégradant. Son haut rang lui avait aussi permis de conserver sa peau. Pour mourir d'une façon digne. C'était tout.

Les Douze avaient été gênés par l'ombre qu'il leur avait fait. C'était la raison de sa présence ici. Pourtant il avait toujours été loyal. Seul défaut dans la cuirasse qu'il s'était forgé au cours de sa carrière. Son rêve de perfection était brisé. Il avait été écarté parce qu'il était trop ambitieux, trop intelligent. Il n'y avait pas de place pour lui et c'était là justement qu'il ne comprenait pas. Il avait été toujours patient. N'avait brûlé aucune étape. Il aurait même encore attendu. L'heure pour lui n'était pas encore venue. Mais cet espoir démentiel de faire partie un jour des Douze, espoir qu'il avait toujours tenu enfoui dans une attente prudente et calculée, était à l'évidence interdit. Quelqu'un avait certainement percé son esprit et il avait été dénoncé.

En vérité Seynod avait mal joué sa dernière partie. Il avait poussé un pion trop loin et trop tôt. Ses idées trop réalistes, dangereuses, pour ceux qui confondaient laxisme et perfection, avaient provoqué le mépris et sa mise à l'écart.

Autour de son siège où il se tenait immobile Seynod chercha vainement une ouverture. A l'évidence la seule échappatoire était de glisser sur le sol et de ramper vers la porte. C'était une solution mais cela le répugnait. Il se doutait qu'un piège existait. Ils étaient trop méthodiques. Le danger pouvait revêtir mille formes... L'imagination ne leur manquait pas. Il comprit alors qu'il allait mourir.

Il attendit longtemps immobile. Puis quand il fut au bout de sa résistance physique il décida de se laisser choir sur le sol et de ramper vers cette porte qui le narguait. Puisqu'il n'existait aucun autre moyen. Le froid glacial qui le traversa l'éclaira sur la définition du danger. Ainsi, pensa-t-il, c'était ça ! Son siège qu'on lui avait soustrait, cette amputation terrible qui l'avait ébranlé, lui faisait cruellement défaut. On avait tué déjà sa partie mécanique. C'était de cette manière qu'ils comptaient tuer sa partie humaine.
Il se cabra dans un sursaut d'orgueil. Il leur montrerait ce que lui Seynod était capable de faire. Il resterait sur son siège et mourait là, droit et seul, sans s'abaisser à ramper comme une larve sur ce plancher maudit. A la force des poignets il remonta sur la chaise. Il était inutile d'attendre que l'épuisement et la privation d'eau et de nourriture aient raison de lui. Se suicider. S'atrophier l'esprit. En s'enfermant dans la méditation forcée. Jusqu'à la fin. Seynod ferma aussitôt les yeux, s'installa dans la position du lotus et entama les exercices préliminaires.

Au fil des heures son teint devint blafard. Sa respiration imperceptible. L'acuité de son esprit avait disparu. Le néant s'infiltrait. La perfection l'engloutissait. Il mourait. Comme seul un grand prêtre était capable de le faire... Il atteignit durant quelques secondes une extase profonde en état de lévitation et retomba sur le métal du siège. Malheureusement il n'était pas suffisamment parfait pour se déplacer de cette façon. Il n'était pas Dieu. Il n'avait pas réussi à le devenir.
Un peu plus tard sa tête s'affaissa sur sa poitrine inerte. Il eut un dernier frémissement, exhala un dernier soupir, battit

faiblement les yeux et s'en alla. C'était la fin. Le noir occupa son esprit.

Martix trouva le corps sans vie. Il était arrivé trop tard. L'homme était mort. Il supposa que la peur en avait été la cause en le voyant accroché à la chaise macabre. Le prisonnier avait deviné le traquenard du sol glacial et son cœur n'avait pas supporté cette tension.

Du haut de son observatoire Martix avait cru qu'il aurait été aisé de retrouver la clairière mais il avait mis près d'une demi-journée pour descendre. Puis, épuisé, il avait dû se restaurer pour retrouver quelques forces avec des fruits cueillis à la hâte. Enfin il s'était perdu à maintes reprises dans l'inextricable forêt avant de retrouver la boule-prison. Maintenant il se sentait responsable de la disparition de cet homme.

Et la tension qu'il tenait enfermée depuis si longtemps s'échappa enfin. Des larmes coulèrent.

S'il avait été plus malin, plus agile, Martix aurait eu à cette heure-ci un compagnon d'infortune à ses côtés. Quelqu'un avec qui partager sa nouvelle vie, sa liberté. Il lui aurait appris à marcher.

Il le traîna péniblement et le plus vite possible à travers la pièce. Il le poussa vigoureusement du haut de la porte dans le fossé creusé au cours de l'atterrissage. La terre était tendre. Mais puisqu'il était mort, il était donc inutile de prendre des précautions. Le corps mou se recroquevilla et demeura ainsi prostré. La tête désarticulée tournée sur le côté gauche. Les yeux clos, les lèvres exsangues, obstinément serrées.

Martix l'installa à l'abri d'une souche. Il trouva dommage de ne pas lui emprunter sa peau protectrice. Il avait reconnu la couleur de l'église des « cent pour cent ». Cet homme, pensa-t-il, sans doute un grand prêtre, de toute évidence n'en avait plus besoin. Mais pour cette opération, en l'absence de la vapeur dissolvante, il devait la déchirer sur le devant de la poitrine pour la lui retirer. Il eut une courte hésitation mais la sienne était en lambeaux. A l'aide d'un caillou pointu qu'il trouva sur le sol il entreprit le découpage. Minutieusement Martix se concentra pour la lui ôter, avec des gestes automatiques. Le cerveau était au ralenti. Il était dans sa pensée. C'était la deuxième fois de sa vie qu'il touchait un autre épiderme que le sien. Le contact lui était répugnant mais il n'avait pas réfléchi puisqu'il s'agissait d'agir sur ce sol glacé. L'important avait été de tirer l'homme dehors. L'idée de troquer sa peau protectrice contre la sienne quasiment neuve s'était imposée comme une évidence. Dans son autre vie entrer en contact avec quelqu'un était un sacrilège. Et les gardiens qui l'avaient empoigné pour le transporter vers son destin portaient même une double peau métallique qui recouvrait leurs mains. Lorsqu'il faisait l'amour avec Manaella, jamais les bouts de leurs doigts ne s'étaient touchés suivant le code sacré et moral. Mais ici sous ces arbres gigantesques il n'y avait plus de loi. Il était le seul maître de ses actes et de ses pensées.

Quand il eut terminé, qu'il eût enfilé la peau du grand prêtre, il s'assit à quelques pas du cadavre dénudé et le contempla. L'homme était beau. D'une beauté incroyable. Plus âgé que lui.

Sans qu'il en ait conscience sa main avança vers l'inconnu et caressa son visage. Le dégoût naturel d'un tel geste était contrebalancé par l'immense curiosité qui l'habitait. Le corps était encore tiède et sa joue lisse comme une feuille satinée brillait légèrement sous l'éclat du soleil couchant.

Il laissa ensuite errer ses doigts sur le torse dénudé en ayant conscience d'accomplir quelque chose d'assez extraordinaire. Révolution ! Révolution ! Et il se souvint de son cellulo. Sa partie mécanique avait bel et bien compris avant lui. C'était logique. Ses capacités étaient tellement supérieures à celles du cerveau humain.

Brusquement Martix se figea. Il retint sa respiration. Il se pencha et colla son oreille sur le ventre de l'homme. Le bruit du vent dans les feuillages le gênait. Mais il perçut ce que ses doigts si sensibles, véritables palpeurs, avaient capté : un battement. Le sang se déplaçait encore dans ce corps.

Le prêtre n'était pas encore mort. Alors, il lui prit la main et tenta de l'encourager par la télépathie.

Martix lutta longtemps. Très longtemps avec cette main lourde à peine tiède dans la sienne.
Mais l'esprit de l'homme d'église restait hermétique. Malgré cet échec Martix se devait de continuer jusqu'aux limites de ses forces. Son code d'honneur moral en quelque sorte. Il y avait aussi ce désespoir violent de perdre, avant même de l'avoir eu, l'ami de sa nouvelle solitude.

La nuit les surprit et Martix frissonna. Non pas de froid car il avait la peau protectrice du prêtre mais de fatigue. Cet exercice télépathique était difficile. Il avait consommé une bonne part de son énergie. Il chercha de la mousse, des feuillages, des rameaux et recouvrit le corps de Seynod. Il commençait à fraîchir. Mais à aucun moment il ne songea à lui rendre sa peau protectrice…
La nuit s'écoula.

Des hurlements de carnassiers vinrent troubler leur quiétude. Martix s'était habitué. De temps à autre, il observait, songeur, le corps allongé, couvert de feuilles, qui se détachait dans un rayon de lune. Comment la vie pouvait-elle s'accrocher ainsi ? Elle d'habitude si prompte à s'esquiver. A croire que l' homme refusait de mourir. Martix avait l'impression qu'une barrière le séparait de cet esprit supérieur au sien. Il eut beaucoup de difficultés à trouver le sommeil.
Enfin il abandonna ses réflexions et s'enfonça dans un repos troublé, peu réparateur. Il était épuisé.

Un long moment s'écoula. Alors les feuilles qui servaient de couverture à Seynod s'animèrent d'une vie propre. Le corps dessous bougeait. Des soubresauts agitèrent les membres. Le buste se leva. Seynod dans un mouvement régulier se redressa sur son séant. Les yeux grands ouverts il contempla Martix. Une pensée anima son visage blafard.
« Pourquoi donc ce diable d'homme possède-t-il une pareille résistance ? Impossible de me brancher sur sa pensée ! »
Il se débarrassa des branchages qui l'empêtraient. Comme un serpent, il rampa vers son sauveur... Mais aussi ce voleur.

Délicatement il entreprit alors de le déshabiller. Il n'était pas question de lui laisser sa peau protectrice. Abruti de fatigue Martix ne se rendit compte de rien. Puis Seynod se vêtit avec une maladroite précipitation. A son tour, davantage pour éviter qu'il ne se réveille, plutôt que de le protéger du froid, il couvrit le professeur avec le restant des feuilles.

Seynod voulut fuir, poursuivre sa reptation. Ce n'était pas aisé. C'était complètement inutile. Il était cloué sur le sol. Son esprit rapide analysa la situation. Un mystère planait sur cet homme qui l'avait tiré de si mauvaise posture. Cependant, un homme de son monde puisqu'il était un adepte de la télépathie. Sauf qu'il se déplaçait sur ses jambes. Fuir ne servirait à rien. Où aller ? Et comment ? Il avait résisté à la pression mentale de cet individu par un pur réflexe de défense. Il avait toute sa vie durant agi de la sorte.

Ce mystérieux sauveteur était donc providentiel. Comment cet homme à moitié nu pouvait-il survivre dans un environnement si hostile ? Depuis combien de temps vivait-il de la sorte dans les parages ?

Somme toute sa présence était extrêmement rassurante.

Seynod retourna s'installer à côté de Martix et eut scrupule à le réveiller. Il arrangea sa couverture de mousses et les feuilles et il attendit avec sa patience coutumière qu'il se réveille.

Martix sortit de son sommeil de plomb tard dans la matinée. Le soleil était déjà haut. Il se rendit compte immédiatement qu'il était de nouveau nu. En une fraction de seconde il comprit que l'inconnu était en vie. Et que c'était lui qui avait repris son bien. C'était légitime. Il le chercha du regard et le trouva.

Seynod était appuyé contre un arbuste jaune à quelques pas de là. Les yeux posés tranquillement sur sa personne. Les lèvres entrouvertes sur des dents blanches parfaitement brillantes. Des dents de fauve.

- Pourquoi m'avez-vous sauvé ? demanda-t-il.

Martix hésita. Depuis combien de temps n'avait-il pas prononcé une parole ? Il ne savait plus. Il répondit :

- Je n'ai pas réfléchi. Je devais le faire. Moi aussi je suis sorti d'une boule-prison. J'étais professeur d'histoire.

Seynod fit mine de s'étonner :
- C'est impossible ! Comment avez-vous fait pour me tirer de là ? Ce sol est meurtrier.

Martix fier comme un héros des temps anciens se dressa dans un bond souple et musclé sur ses deux pieds vigoureux. Il marcha vers Seynod qui ne laissa rien paraître sur son visage. Il attendit la fin de l'exhibition et calmement prononça cette phrase :
- Ainsi vous utilisez vos jambes.

Martix trouva son effet diminué.
Il s'était attendu à davantage de démonstration. Il ne pouvait pas ignorer qu'un tel prêtre était un homme qui ne ressemblait pas au commun des mortels. Il était au-dessus des autres. Par son savoir. Par sa position sociale. Par sa force physique et psychique.
Pourtant Seynod était dérouté. Mais il savait se contrôler. Il rajouta :
- Depuis quand ?
- Le mouroir… C'est à ce moment-là que j'y ai pensé. En réalité cette idée était latente. Depuis des années je m'amusais déjà à tenir debout lorsque je reconstituais une peau protectrice. Je ne me doutais pas qu'un jour ces cheminements conjugués du corps et de l'esprit me sauveraient la vie. Vous qui êtes si intelligent, si instruit, pourquoi vous traînez-vous comme une larve ?

Devant cet homme nu qui reprenait assurance, Seynod ne savait quoi répondre. Cet homme paraissait projeté d'un autre temps. Il possédait des jambes avec des muscles vivants parfaitement résistants, alimentés en énergie par un organisme parfaitement bien adapté à ce milieu. A croire qu'il ne faisait pas partie de sa race.

Cet homme en outre avançait où bon lui semblait. Sa démarche dégageait une force tranquille, inquiétante. Pour la première fois de son existence Seynod était véritablement impressionné. Il admettait que cet inférieur était pour l'instant maître du jeu. Tout s'écroulait dans sa tête. Presque tout…
Seynod était cependant un homme de ressource. Il entrevit rapidement les avantages qu'il pouvait tirer de la situation.
- Rendez-moi la peau, ordonna Martix.

Seynod ne répondit rien.
Pourtant il avait raison. Il était en position de donner un tel ordre. Le rapport de force était différent. Il était crucial de ne pas faire de cet homme providentiel un ennemi.
S'il lui prenait le désir subit de l'abandonner, qu'adviendrait-il alors de lui ? Il demanda :
- J'imagine que je n'ai pas le choix.

Martix jouissait de la situation. Mais il pensait la même chose. Ce prêtre pouvait l'aider. Seynod accepta. Sous l'œil moqueur de son sauveur, il se dévêtit lentement. Tout en sachant au plus profond de sa fierté que plus tard il reprendrait l'avantage. Cela il en était certain.
Martix confectionna une espèce de brancard avec des branches. Avec son ancienne peau déchirée, il entreprit de confectionner un vêtement grossier pour masquer quelque peu l'indécence du grand prête. Il était temps de prendre la route. En direction de la montagne puisque c'était là que dorénavant il convenait d'établir un nouveau campement. Pour être à pied d'œuvre afin d'exploiter sa formidable découverte. Ce serait aussi une façon de prouver à cet homme supérieur ce dont il était capable.
Seynod, allongé sur le brancard, s'accrochant vigoureusement pour ne pas tomber, se laissa traîner sans un encouragement. Sans une plainte aussi.

Ils atteignirent avec difficultés les contreforts du monumental élément géologique qui cachait dans ses entrailles le cellulo mystérieux. Par précaution Martix avait fermé son esprit quand il s'était aperçu que Seynod cherchait à le sonder. Il n'était pas question qu'il sache déjà.

Il hissa Seynod sur les hauteurs. Juste pour dominer la forêt. Entre des arbres déracinés il entreprit d'établir un campement de fortune. Toujours sous le regard supérieur du grand prêtre, ravi d'être ainsi pris en charge.

L'avenir s'annonçait meilleur. Une fois encore le prêtre songea qu' il s'en était miraculeusement sorti. Le cri de la vengeance bientôt retentirait. Il n'était pas un homme à oublier l'affront qui lui avait été infligé par le conseil des Douze.

Il s'était heurté à une résistance énergique du jeune homme et il en était étonné. Quelqu'un de cette qualité inférieure ne pouvait pas dresser une telle barrière psychique face à un cerveau tel que le sien. Cet homme qui marchait était surprenant.

Seynod avait cependant réussi à décoder certaines pensées fugitives de son sauveur. A savoir celle où il était question qu'il lui apprenne à marcher. Il était bien dans son intention d'imiter cet homme sur ce point. Il n'avait pas le choix. De cet exercice pédestre dépendait sa survie.

Martix quand il se trouvait assez éloigné du prêtre libérait ses pensées. Et s'accommodait surtout de celle qui le ramenait inlassablement dans la salle souterraine : « Il devait apprendre à utiliser le vieux cellulo ».

Le temps s'écoula. Les jours s'empilèrent les uns sur les autres.

Seynod apprit à marcher. Il possédait une telle volonté que les progrès furent rapides. Les nombreux exercices infligés sans pitié par l'ancien professeur d'histoire aguerrirent son équilibre. Tout grand prêtre qu'il était il les exécutait à la lettre.

Quand Martix s'absentait, inlassablement, il continuait son combat sur lui-même. Jamais il n'avait eu à fournir autant d'efforts. Son énergie était décuplée par la rage. Aussi surprenant que cela puisse être, il en récoltait une jouissance salutaire. Puis vint le jour où il jeta négligemment cette parole :

- Rendez-moi ma peau protectrice !

Martix cessa de marcher. Ces derniers temps ils avaient pris l'habitude de faire le tour de la montagne à titre d'exercice quotidien. Ils étaient sur la fin du parcours.
- Si vous me demandez ça c'est que vous pensez pouvoir me la reprendre de force. N'est-ce pas ?

Seynod hocha gravement la tête. Tout en étant de la même taille, il était charpenté plus lourdement. Maintenant il savait marcher correctement. Et presque courir. Cette impression de puissance qui émanait de sa personne se développait au fil des jours. Fort et vindicatif ! Ceux qui avaient rejeté puis tenté de l'éliminer s'en mordraient un jour les doigts.
L'ex-professeur d'histoire eut toutefois la nette impression que le grand Seynod manquait encore d'assurance malgré ses belles paroles bien campées hautes et claires dans l'air froid de la matinée. Il répondit sans s'arrêter d'avancer :
- Pourquoi en arriver aux mains ? Vous n'êtes pas sûr d'avoir le dessus ! Ne devons-nous pas nous unir plutôt que de nous combattre ? Vous oubliez que la peau était le prix à payer pour savoir marcher. Est-ce là votre sens de l'équité ?

Le grand prêtre ne s'obstina pas. Il rétorqua toutefois :
- Vous avez raison. Mais c'est aussi une façon de vous annoncer que maintenant je suis votre égal. Ou presque… Et qu'il est temps de me dire où vous vous rendez régulièrement.
- Vous avez essayé à plusieurs reprises de me percer l'esprit. Mais vous n'y êtes pas arrivé. Il est vrai que j'aurais pu vous le dire plus tôt. Vous résister ainsi, mentalement, m'a révélé une puissance que je ne soupçonnais pas en moi. Votre esprit a subi un entraînement hautement spécifique pour dominer le commun des mortels. Je ne comprends pas pourquoi j'ai cette faculté de vous résister. Mais qu'importe ! Demain matin nous partirons au lever du jour. Préparons des provisions. Nous en aurons besoin. Là où nous allons c'est l'inconnu total. La mort peut-être nous y attend ? Que préférez-vous ? Vivre ici comme un animal à moitié nu crevant de chaud la journée et de froid la nuit ou risquer le lendemain pour aller plus loin ? Pour lutter ! Pour savoir !

Seynod haussa les épaules. Méprisant comme à son habitude. Les considérations philosophiques de son compagnon lui importaient peu. Il répondit sur un ton sec.
- Si vous pensez que je suis résigné, que j'ai l'âme d'un esclave végétal de troisième catégorie, c'est que vous êtes vraiment un imbécile !

Martix éclata de rire.
- Ne vous fâchez pas ! Je connaissais votre réponse. Allez au travail ! Demain vous allez vivre une grande journée.

Seynod avait su cacher sa surprise quand il avait vu marcher Martix pour la première fois. Mais quand celui-ci le fit descendre au cœur de la montagne, quand il lui montra avec fierté le cellulo ancestral et qu'il le vit fonctionner, son masque de rigidité se fendit comme une croûte d'argile sous le poids d'un soleil ardent. Seynod était devenu au contact de Martix, au contact de la souffrance physique, à travers ses pieds abîmés, plus naturel, plus humain. Plus faible aussi. Il montra donc son sentiment. Il était enthousiasmé.
Il articula des mots de joie. Il sauta comme un enfant subjugué par un nouveau jeu, une nouvelle découverte. Certes il était conscient de l'image qu'il offrait. Une carcasse lourde allégée de sa graisse par l'exercice physique et les maigres repas. Il se sentit ridicule dans sa nudité à peine voilée par les lambeaux de la vieille peau protectrice. Aujourd'hui cela n'avait plus aucune importance.
- Et bien Seynod ! Vous ne m'avez pas habitué à un tel spectacle ! Que pensez-vous de ma découverte ?
- C'est fantastique ! Et cet homme dans ce cercueil ? A quelle époque appartient-il ? Avant la grande destruction ... C'est incroyable. Mais alors…notre partie mécanique ?

Il commençait à comprendre.
- Il est temps que je vous fasse part de ma théorie, dit Martix.

Il profita du trouble du prêtre pour expliquer qu'à cette époque la partie mécanique et la partie humaine n'étaient pas liées. Ensuite durant les neufs siècles suivants l'homme était devenu entièrement dépendant de la mécanique. Il avait cessé d'utiliser ses jambes qui s'étaient fragilisées. La religion lui avait affirmé qu'il ne faisait plus qu'un avec son cellulo. Pourquoi un tel message, un tel dérapage ? Il n'avait pas la réponse. A l'échelle de la planète, fort heureusement, cette déviance n'avait pas été suffisamment longue pour que les jambes s'atrophient à jamais. Le grand prêtre avoua de son côté son ignorance sur le sujet. Il avait été éduqué et il avait cru qu'il ne faisait qu'un avec la machine. Intérieurement, il se jura de poser la question à l'un des membres du conseil des Douze.

Quelqu'un devait forcément connaître la vérité.

Seynod s'appropria de la combinaison de la dépouille mortelle qui reposait à côté du cercueil. La mort n'effrayait jamais les hommes d'église. Martix l'aida à s'habiller. La peau rustique, blanche, épaisse et souple à la fois les étonna. Mais elle tenait chaud. Et Seynod retrouva cet air digne qui était le sien. Ils laissèrent le mort poursuivre son destin d'éternité.

Martix avait eu tout le temps d'explorer la salle lors de ses escapades répétées au cours des derniers mois. Il désirait montrer quelque chose d'autre à son compagnon. Des armes… Des armes qui se logeaient dans le creux de la main. Des petites mécaniques qui crachaient du feu et des morceaux d'acier. Il n'avait pas pu résister lorsqu'il les avait découvertes rangées soigneusement dans un coffre. Il les avait essayées aussitôt. Les armes anciennes étaient dérisoires si on les comparait aux projections mentales, aux rayons suppressifs, aux récents transformateurs de matière. Cependant il était rassurant de les avoir en possession.

Martix eut l'envie soudaine d'épater son compagnon. Il visa le plafond et appuya sur la détente. Il s'amusa énormément du bruit démentiel que fit l'arme et qui affola quelque peu Seynod. Les oreilles assourdies par la détonation celui-ci voulut tirer à son tour. Il fut surpris par l'énorme recul mais persista dans le maniement de l'arme qu'il apprécia aussitôt.

Comme ils n'avaient plus rien à apprendre des lieux, d'un commun accord ils décidèrent de démarrer le cellulo.

Martix s'était entraîné à la conduite et il était maintenant familiarisé avec l'engin. Ils s'installèrent cérémonieusement et claquèrent respectivement les portières d'un air décidé. Pour conjurer le mauvais sort. Anéantir la peur de l'inconnu qui attendait tapie au fond de ce tunnel inconnu. Martix fit apparaître comme par magie un petit bout de ferraille qu'il introduisit dans cette fameuse petite encoche. Une clef.
Il démarra.
Le bruit que fit le moteur puissant de la Ferrari fut assourdissant. C'était impressionnant. Seynod resta impassible. Il s'attendait à tout. Mais après les déflagrations des armes, le bruit de ce moteur c'était autre chose. Cela prenait aux tripes.
Martix alluma les lumières et passa une vitesse. Le cellulo fit quelques bonds en avant puis se stabilisa. Il s'aventura dans la gueule béante du tunnel.
Il était impossible de parler. De toute façon ni l'un ni l'autre n'en avaient envie. L'odeur dégagée incommoda fortement le prête. C'était une odeur chaude. La fragilité de cette mécanique qui pouvait exploser d'un moment à l'autre contribuait au malaise général. Ce moteur était resté inactif durant un temps impensable et voilà qu'il les emportait au risque de se fracasser contre ce mur qui n'en finissait pas.

Ils roulèrent ainsi pendant des heures sans dire un mot jusqu'à l'épuisement. Martix arrêta le cellulo rouge et expliqua à son compagnon qu'il devait se reposer. Seynod voulut conduire mais il manquait d'entraînement. Il n'était nullement question de lui confier cette tâche vitale. Il risquait de provoquer une catastrophe. Il accepta mais la grimace qu'il arbora en disait long sur sa déconvenue. Il s'endormit à son tour. A leur réveil une évidence apparut soudain au grand prêtre.
- Nous allons manquer de ce liquide qui alimente le moteur.

Martix haussa les épaules avec fatalité.

- Nous allons certainement rencontrer des récipients le long du tunnel. Ceux qui ont construit ça ont tout prévu à mon avis.

Il expliqua, bien sûr, qu'il avait tout fouillé avant de se lancer dans cette aventure. Il n'avait déniché que trois bidons. En toute logique si la route était encore longue ils devraient en trouver d'autres très prochainement. Ou alors a quoi bon cette mise en scène ?
Effectivement, ils aperçurent un peu plus tard sur le bord de la piste dans une niche spécialement prévue à cet effet, d'autres bidons qui attendaient depuis une éternité que de nouvelles mains viennent les saisir. Ils purent alimenter cette effroyable mécanique avide et brûlante.
Dans l'obscurité de ce trou noir qui s'enfilait sous la terre comme un serpent gigantesque le temps s'offrit une pose d'immobilité.
Leur vivre commencèrent à manquer.

Ils parvinrent au terme de leur résistance. Ils frôlèrent les symptômes de la folie, du désespoir. Les yeux exorbités par la tension permanente. Seynod avait quand même pris le volant pour remplacer Martix qui n'arrivait plus à tenir les yeux ouverts. Nécessité faisant loi, il s'était adapté assez rapidement.
Le temps, les bidons, l'épuisement, la peur, l'obscurité, le bruit de la mécanique, sa puanteur, inlassablement s'enchaînèrent en une espèce de chanson infernale qui ne cessait de vriller leur résistance. Alors que tout semblait irrémédiablement perdu, vint le moment où ils hurlèrent leur joie. La piste remontait. En direction de la surface. Du jour…
Ils débouchèrent dans une immense salle semblable à celle qu'ils avaient quittée.

L'aiguille du compteur du cellulo qui indiquait le niveau du liquide nourricier était à zéro. C'était bien calculé.
Ils étaient arrivés.
Ce nouvel espace était rond. Il possédait douze portes. Ils en déduisirent qu'il devait exister onze autres pistes identiques à celle qu'ils venaient de parcourir. Avec chacune à son extrémité

un autre cellulo prêt à démarrer. Pourquoi ces hommes anciens avaient-ils pris autant de précautions pour que d'éventuels découvreurs, comme eux, parviennent jusque-là ?

Au centre de ce gigantesque espace, une masse importante recouverte d'une bâche, alourdie d'une épaisse couche de poussière, rivée au sol par des câbles, attirèrent immédiatement leur curiosité. Ils dénouèrent avec précaution les crochets et enlevèrent la protection.

Du métal. Un cellulo à ne pas en douter. Mais plus volumineux. Comme un insecte gigantesque épinglé à jamais par un collectionneur averti, mort depuis longtemps.

Martix qui était un puits de science dans sa partie d'histoire autorisée croisa le regard de Seynod qui attendait une réponse de sa part.

- Celui-ci c'est un cellulo qui doit voler !

Ils cherchèrent confusément la notice et la découvrirent, en évidence, coincée entre deux boutons du tableau de bord. Une notice comme la précédente gravée dans un matériau sur lequel le temps était passé sans laisser aucune altération.

Seynod manipula plusieurs leviers de commande, hérissés à même le sol, à quelques pas du cellulo volant. Il réussit, par la même, à ouvrir, et c'était ce qu'il cherchait, une ouverture dans le plafond. Une ouverture pour que l'engin puisse y passer. Le ciel apparut. Myriade d'étoiles connues et toutes répertoriées. Mais inaccessibles. Scintillantes de toute leur beauté fragile. Très loin... Au-dessus de leurs misérables têtes de pauvres humains minuscules.

Après une exploration poussée des lieux il s'avéra que le seul chemin pour atteindre la surface était ce passage au-dessus d'eux. Il n'existait donc qu'une seule solution : la machine. La piloter sans la moindre erreur et s'élever avec elle sans se tromper. Sans fausse manœuvre.

Aussitôt, sans prendre le moindre repos, sans se concerter, poussés par leur instinct de survie, ils jouxtèrent leur effort. Ils étudièrent la méthode de pilotage, les caractéristiques du cellulo. En vérité cela fut beaucoup plus facile qu'ils ne l'avaient imaginé.

Batterie, carburant, le principe était le même. Ils mirent le moteur en route. Habitués au bruit du cellulo roulant, ils ne s'étonnèrent presque plus du vacarme affreux que produisit ce nouvel appareil. Comme il était plus grand, le bruit était plus fort. Logique.

Ils s'élevèrent lentement. Avec des hésitations et un faux départ qui les ramena brutalement sur le sol. Cependant il n'y eut aucune casse. C'était Seynod qui pilotait. Il avait pris d'autorité les commandes. Le cellulo donnait l'impression de ne plus vouloir quitter cet endroit où il était resté si longtemps immobile en sécurité.

A la deuxième tentative, la chance aidant, ils débouchèrent hors du trou. Il appuya plus fortement sur la manette de direction et dans un bond à soulever les estomacs, ils reçurent le charme sauvage d'un océan, noir et bougeant, en pleine figure.

Ainsi, ils étaient arrivés dans une zone côtière.

Le prêtre décrivit un cercle de reconnaissance avant de mettre le cap le long d'une plage en direction du nord. Le plan de vol qui accompagnait la notice indiquait dans un dernier message cette recommandation ultime.

Enfin ce fut Martix qui aperçut le premier ce vers quoi leurs lointains ancêtres les poussaient. A l'horizon une cité. Une monstrueuse cité grise, verdâtre, qui s'élargissait à vue d'œil.

Une cloche protectrice détériorée, quasiment recouverte de moisissures et de vermines, occultait les reliefs de la ville. Ils devinèrent plutôt qu'ils ne virent les détails de cette ville qui paraissait morte. Des tours immenses délabrées, démantelées en partie, aux murs d'une saleté repoussante.

Seynod posa le cellulo à côté de la paroi. Si la cloche n'avait pas été si sale, ils se seraient probablement écrasés contre elle. L'appareil n'avait pas de système de détection. Une protection citadine était insoupçonnable pour un œil humain. Il n'y avait que la partie mécanique d'un cellulo qui pouvait déceler sa présence. Grâce à sa programmation élaborée, elle seule était capable de trouver la clef pour entrer ou sortir d'une ville.

Celle-ci demeurait pourtant un mystère. Dans quelle catégorie se situait-elle ? Était-elle habitée ? Dans quelle région du globe étaient-ils parvenus et comment procéder pour pénétrer à l'intérieur ? Autant de questions que les deux hommes se posèrent en silence. Unis par leur seule pensée.

Il n'y avait pas de consigne pour l'étape suivante. Ils étaient arrivés à destination aussi étrange que cela puisse paraître. Il était impossible de franchir cette espèce de mur à la saleté repoussante. Martix malgré son aversion osa le toucher. C'était dégoûtant. A l'aide d'un chiffon trouvé dans le cellulo il le frotta et dégagea un espace. C'était transparent. Ils tentèrent d'y voir mais en vain. C'était flou.

Les deux hommes marchèrent lentement, en silence, plongés dans leur incrédulité. L'un à côté de l'autre. Ils abandonnèrent la plage sans intérêt et longèrent la protection. Seynod s'arrêta. Il emprunta le chiffon que tenait toujours Martix et entreprit à son tour d'en nettoyer une autre partie. La mousse enlevée il y colla son oreille. Un sourire satisfait fendit son visage. Le cœur d'une vieille machine palpitait encore à l'intérieur du dôme. Des battements étouffés d'un moteur atomique ? se dirent-ils.

Ils étaient devant une de ces cités oubliées ou défendues. Elle paraissait abandonnée. Ils partirent quand même du principe d'explorer avec le cellulo les environs et de faire le tour de la ville.

La région était vidée de sa substance. Toujours plus au nord la plage laissait la place à des falaises vertigineuses, déchiquetées en dentelles. Certaines prêtes à s'écrouler en attente de la dernière attaque inéluctable de la prochaine marée montante d'un océan dévastateur. L'arrière pays présentait un aspect tout aussi inhospitalier. Il était recouvert d'un sol tapissé de pierres multicolores à n'en plus finir. Ce n'était qu'un désert paré d'interminables camaïeux en terre de sienne, qui pouvaient tendre parfois vers le rouge suivant les zones. Un désert qui interdisait toute installation. La végétation ici avait disparu. Certainement suite à une erreur écologique aux conséquences irréversibles.

Seynod posa le cellulo et mit un pied à terre pour s'adonner à la cueillette de ces cailloux étranges. Il s'en saisit d'un pour l'étudier. C'était un galet oblong, curieusement coloré. Comme s'il avait subi les outrage d'une ancienne expérience. Comme si le vent d'ici, depuis des siècles, soufflait avec une haleine monstrueuse et polluée. Avec la même force, la même direction, chargée des mêmes poisons. Il réintégra le cellulo. Seule la ville abandonnée était digne d'intérêt.

- Si on se posait dessus ?

L'idée avait frappé Martix. Il poursuivit.

- C'est pour cette raison qu'ils nous ont donné un cellulo volant. En toute logique si l'entrée était au niveau du sol, ou sous terre, la piste nous y aurait conduit directement.

- Oui ! L'idée est bonne. De toute façon nous n'avons rien à perdre. Il existe peut être un passage là haut.

Ils mirent immédiatement leur projet à exécution. Seynod fit décoller le cellulo sans manifester aucun signe de nervosité.

Comme s'il connaissait déjà la suite des événements. Martix par contre s'agitait sur son siège. Ses mains trahissaient son émotion. Brusquement le cellulo fut secoué par de nombreuses trépidations.

Une bourrasque leur tombait dessus. Elle gêna la manœuvre. Malgré l'inexpérience du pilote l'appareil qui semblait peser le double de son poids et qui tanguait dangereusement, conserva son assiette. Seynod parvint à se poser sur le sommet du gigantesque dôme. Le bruit du vent était infernal et l'appareil immobilisé frémissait à chaque rafale.

Puis les deux hommes quittèrent l'appareil après une minute d'hésitation. Pliés en deux pour lutter contre la force du vent ils explorèrent avec fébrilité les alentours.

Ce toit était immense. Seul un ratissage systématique organisé par un général et son armée aurait permis de quadriller la zone avec une quelconque efficacité.

L'épaisseur du plafond paraissait inébranlable. Le sifflement du vent les obligeait à hurler pour communiquer. Ils retrouvèrent spontanément cette vieille télépathie qu'ils avaient abandonnée durant leur cohabitation. Trop occupé chacun à préserver leurs pensées secrètes vis à vis de l'autre.

Quelque chose leur avait échappé. Ou alors il existait une autre notice. Un autre plan. Un signe pour les aider. Un signe qu'ils n'avaient pas su découvrir. Ils regagnèrent le cellulo. Motivés, ils recommencèrent une seconde fouille de l'appareil. Ce fut Martix qui dénicha le premier ce qu'ils cherchaient. A l'arrière, rangé dans une trappe sous un siège, un sac qui avait échappé à leur recherche. A l'intérieur il y trouvèrent deux rouleaux d'un fil en acier d'une finesse surprenante, excessivement résistant et d'une longueur inouïe.

Une nouvelle certitude s'imposa.

Cette suite de rebondissements suivait le tracé d'un chemin implacable. Ce câble était là pour en témoigner. Tout était prévu. Il ne restait plus qu'à trouver cette fichue ouverture.

- Ou bien en créer une ! annonça Martix qui avait suivi le cheminement de la pensée de l'ancien prêtre.

Il brandissait dans ses mains plusieurs tubes d'une matière étrange d'une trentaine de centimètres avec une poignée bizarre qui ne demandait qu'à être actionnée.

- Qu'est-ce ?

- Un explosif ! expliqua le professeur ravi. Comme avant ! Les anciens s'en servaient pour percer des tunnels, des routes et même parfois comme une arme.

C'était la chose la plus rudimentaire, la plus ancestrale qu'il n'avait jamais vu.

- Où les avez-vous trouvés ?

- Là, où était le filin. A côté !

Martix décida de se servir de ces explosifs en suivant à la lettre les prescriptions bien dessinées de la petite notice qui bien sûr accompagnait le reste.

Il déposa les bâtonnets sur le dôme puis il dégoupilla tous les détonateurs sans exception et s'engouffra dans le cellulo que Seynod tenait prêt à démarrer dans la même seconde.

Ils échangèrent rapidement un dernier coup d'œil tandis que l'appareil, trop lentement, tentait de décoller. La détonation et le vacarme du dôme qui s'effondra dans un tourbillon de débris leur parvint étouffé par le hurlement du moteur poussé à son paroxysme. Le vent déchaîné redoubla alors de fureur comme pour protester de cette violation sur son territoire.

Les morceaux qui s'écrasèrent sur eux comme des attaques de frelons géants leur fit perdre leur sang-froid. Ils crurent alors que la catastrophe était imminente. Qu'ils allaient s'écraser. Mais le cellulo tint bon. Ils grimpèrent le plus haut possible et attendirent que la fumée se disperse pour admirer leur œuvre. C'était bien calculé. La ville leur apparut dans une laideur majestueuse. Comme un gigantesque champignon pourri. Et le trou qui maintenant ouvrait un passage était suffisamment large pour que le cellulo puisse s'y faufiler.

Martix posa la question :

- Qu'est-ce qu'on fait ?

Il n'attendait pas de réponse. Pourtant Seynod lui répondit.
- On descend !

Le grand prêtre paraissait plus que jamais déterminé.
A l'opposé, Martix jusqu'à présent le plus intrépide, hésitait. Ce trou béant ne lui disait rien qui vaille. Il s'était habitué à sa vie forestière dont il avait su maîtriser les dangers. Ceux de cette ville pouvaient s'avérer bien plus perfides. Mais il n'y avait pas d'autre chemin.
Le cellulo possédait des réserves de carburant. Mais pour se diriger où ? Pour trouver une autre ville comme celle-là ? Alors autant descendre dans celle-ci !
Seynod évita avec une adresse nouvelle les rebords déchiquetés du dôme endommagé et s'introduisit dans la ville comme une mouche dans une blessure béante. Martix accroché à la portière, penché de tout son corps, guettait la première vision de ce monde inconnu. Il ne vit que des tours sales, noires et sinistres.

Dehors il faisait jour. A l'intérieur, avec l'opacité des parois, la lumière solaire avait du mal à passer. Ce qui accentuait encore l'étrange atmosphère de l'endroit.
Soudain Martix crut apercevoir des lueurs qui frémissaient dans l'étroitesse d'une allée coincée entre des tours. Ce fut fugitif. Mais déjà le cellulo continuait son exploration prudente. Il était impossible de se glisser avec l'appareil entre ces bâtisses. Elles se dressaient trop près les unes des autres. Ils durent se rendre à l'évidence. L'unique possibilité pour se poser était le sommet d'une des tours construites à l'identique.
- Laquelle ?

Seynod fit une grimace et se dirigea sur la première plate-forme qui se présenta. Dès qu'il eût éteint le moteur, le silence les surprit. Ils tendirent l'oreille mais ne décelèrent aucun bruit. Aucune manifestation non plus à l'exception des lumières que Martix avait entrevues. Mais de là-haut, c'était difficile de se rendre compte.
- On ne va pas rester là planté ! Allons-y…

C'était Martix qui avait intimé cet ordre. Seynod le suivit. Il n'y avait pas de porte. Malgré l'obscurité, Seynod qui avait aperçu quelque chose appela son compagnon :
- Eh ! Regardez... La tour d'en face. Il n'y a aucune ouverture. Et l'autre à côté aussi. Elles sont complètement hermétiques.

Un frisson parcouru l'échine de Martix.
- C'est lugubre. Et ces lumières en bas ?

Ils s'avancèrent avec précaution vers le bord. Il n'y avait pas de parapet. Ils s'allongèrent à plat ventre pour se pencher dans le vide et tenter d'apercevoir ces fameuses lumières. Mais il n'y avait plus rien. Qu'un trou noir.
Sans un mot, Seynod alla chercher le filin. Il l'attacha au cellulo et jeta le restant dans le vide.
- Pour descendre, il faut se servir de cet anneau. En mettant la ceinture autour de la taille. Voilà sans doute le frein ! Espérons que nous saurons le faire fonctionner. Sinon…

Martix boucla son harnachement. Il désirait maintenant en finir. Il enjamba le rebord et annonça laconique :
- J'espère que ce fichu fil est assez long !
- Tout est prévu…Vous le savez bien ! ironisa Seynod.

Il regarda se lancer Martix qui fut happé par le trou noir. Il ne subsista que le grincement du câble. Pour le grand prêtre, il était inutile d'attendre plus longtemps. Puisqu'il était dit qu'il devait lui aussi se jeter dans le vide. Il vérifia son attirail une dernière fois et plongea à son tour dans le néant.
La descente fut vertigineuse. Les deux hommes comme deux araignées suspendues à leur soie progressèrent lentement. Ils ne se distinguaient pas. Pour conjurer le sort ils se hurlèrent des paroles d'encouragement. Pour juguler en partie leur angoisse. Pour rompre ce silence effrayant. Le froid était sur eux. De plus en plus. Ils descendaient vers la mort. Vers l'oubli. Vers le noir.
- Vous entendez quelque chose ! cria bien plus bas la voix de Martix.

- Oui ! Peut- être… Je ne suis pas sûr. On est haut encore !

L'épuisement gagnait du terrain.
Martix avait aussi des difficultés. Il était passé le premier. La rivalité qui s'était installée entre eux depuis le début devenait plus forte. Face aux airs hautains du prêtre elle le poussait à ne rien montrer
Il stoppa sa descente.
- Cette fois j'ai entendu !
- Quoi donc ?
- Une voix ! Une voix !

Soudain le sang de Martix se glaça. Un formidable cri retentit. Un cri lourd et grave. Il ne réalisa pas que ce cri n'en était pas un. C'était un chant. Un chant énorme. Colossal. Fabriqué de voix humaines.
Et la lumière apparut. Un fleuve infini de lampions dressés vers eux qui se balançaient, qui frémissaient, suivant le rythme de la mélodie. Martix leva la tête et croisa le regard du grand prêtre qui l'avait rejoint. Ce dernier était blême.
Des centaines de gens, hommes, femmes et enfants, tendaient leurs bras vers eux. Dans une ambiance fantastique. Mystique. Les deux hommes se sentirent attirés par une énergie grandiose. Ils se laissèrent descendre un peut plus. Au point où ils en étaient…
De toute façon ils étaient dans la plus totale incapacité de remonter. Ils n'avaient pas le choix. Leur destin était parmi cette forêt de bras tendus. Ces gens qui priaient n'avaient guère l'air agressif. En cette minute solennelle un sentiment nouveau se manifesta dans le pli reculé de leur âme endormie. On les acclamait comme des dieux.

A quelques mètres du sol, Martix comprit la situation. Dans un dernier effort, il atteignit la terre ferme. Dans une sorte de trou. Dans l'espace que leur avait laissé cette foule surprenante pour qu'ils puissent arriver jusqu'à eux. Quelques secondes plus tard Seynod le rejoignit. Il attrapa son compagnon par le bras et dans un regard commun, ils affrontèrent celui des premiers habitants. Ceux de devant.

Des hommes et des femmes comme eux. Même plus beaux. Tous cloués dans un même fauteuil rudimentaire. Des hommes de leur race. Oui… Mais des hommes primaires. Abandonnés à eux-mêmes. Un peuple misérable alimenté par des croyances désuètes.
Ils continuaient de chanter. Le sens en était incompréhensible. De toute évidence, chacun savait par cœur le rythme et les paroles de cette sorte de prière, d'hymne au surnaturel. Un chant traditionnel. Mais pourquoi tant de cérémonial ?
Seynod commençait à avoir une idée.
- Ils nous prennent pour des dieux ! Pour des sauveurs… Ou quelque chose comme cela.

Enfin, la mélopée cessa. Le silence prit le relais. A peine troublé par quelques chuchotements, quelques raclements de gorges. Ils étaient télépathes. Un grand soulagement envahit simultanément les deux hommes.
Une jeune femme fit avancer son siège. Un tas de fer rongé. Les roues grinçaient désagréablement.
« Vous venez des hauteurs ? »

Martix hésita.
Visiblement elle attendait une réponse appropriée.
« Oui.. Oui… Nous venons des hauteurs. »
« Vous venez des profondeurs ? »

Seynod s'immisça dans la conversation.
Il avait retrouvé instinctivement le maintien altier du temps de sa splendeur. Quand il œuvrait en puissance et en doctrine. Quand il était le grand prête officiel de l'église des « cent pour cent ».
« Oui mon enfant ! Nous venons aussi des profondeurs… »

Alors la jeune femme fit pivoter son siège et s'adressa dans une langue inconnue à un vieil homme complètement chauve. Son visage était ridé comme un vieux fruit pourri. Il arborait un collier d'améthystes dont les reflets violets, perdus sur le fond d'un très austère habit noir, reflétaient étrangement en ce lieu où, à première vue, ne régnaient que misère et pénurie. Ce collier était l'insigne du pouvoir. C'était lui le chef.

Un dialogue tendu les opposa. Le ton grimpa. Des personnages singuliers se mêlèrent ensuite au débat. Ils portaient tous un collier autour du cou. Mais celui-ci était plus modeste. Avec des billes d'acier symbole d'une machinerie disparue. Tous étaient très agités. Redressés sur leur siège, roue contre roue, chacun tirant sur son cou pour mieux entendre, pour mieux jeter son approbation ou son hésitation. Des cous décharnés, des visages blafards, mais non dépourvus d'une certaine gaieté.

La discussion se propagea comme la gifle d'un vent courroucé sur la population qui s'anima à son tour de la même fièvre. Cela dura un long moment. Enfin, la jeune femme revint se placer à côté d'eux.

Martix et Seynod attendaient anxieux. N'osant bouger. Coincés sur leurs pieds, dépassant d'une bonne hauteur cette masse de têtes. Cette masse immonde de corps cloués sur ces sièges infâmes dignes d'un temps barbare.

Elle leva les deux bras et se tournant vers la foule, leur intima par ce simple geste l'ordre de se taire. Elle annonça :

- Oui ! Ce sont eux…

Cette foule houleuse n'attendait que ces mots.

Un autre psaume éclata. Celui-ci débordait d'allégresse. Visiblement il renfermait l'espoir de tout un peuple.

L'inconnue leur fit signe de les suivre. Instantanément un chemin s'ouvrit parmi les gens. Les deux hommes marchèrent portés par le chant repris en cœur pour tous ceux qui étaient là. Martix, le plus fragile, sentit du plus profond de lui-même une plénitude si parfaite que des larmes lui inondèrent les yeux. Seynod s'en aperçut mais préféra se taire. Un sourire narquois effleura ses joues émaciées. Les effets psychologiques émanant de la foule n'avaient pas de secret pour lui. Il était maître à les utiliser. Il savait aussi s'en méfier.

Ils parvinrent jusqu'à une sorte d'immense bâtiment de forme cubique. Sans fenêtre, sans tour, muni d'étranges ouvertures à hauteur d'homme. Les murs étaient décorés avec des peintures effacées par la méchanceté du temps et de l'oubli.
Curieusement personne n'avait songé à les restaurer.
- Ce sont des dessins religieux. Mais ma main à couper que ce sont des hommes qui ont peint debout. Curieux ! N'est-ce pas ? chuchota Seynod.

Ils furent invités à pénétrer en grande cérémonie à l'intérieur de ce lieu de culte. Une espèce de plate-forme occupait l'espace et tout autour des dessins de formes rectangulaires étaient gravés sur les dalles. Chacune étant décorée de hiéroglyphes, chacune recelant un mystère caché.
Dans un ordre fluide, les fidèles privilégiés se positionnèrent suivant un ordre strict. Ils portaient autour du cou un médaillon qui représentait le signe gravé sur le sol.
- Nous sommes dans un temple ? demanda Martix.
- Oui ! Ceux-là sont des notables. Les autres là-bas dans le fond sont de simples acteurs. Nous allons assister à une cérémonie. Elle sera célébrée en notre honneur.

Ils furent poussés gentiment vers l'estrade. La jeune femme qui les avait pris en charge leur fit comprendre mentalement :
« Vous êtes attendus ».
 Aussitôt Seynod répliqua par télépathie, absolument maître de sa pensée. Sans une trace d'émotion, avec cette volonté, cette force méprisante qu'il convenait de transmettre pour s'adresser à une inférieure, à une fervente et mystique adoratrice : « Mon enfant ! Êtes-vous prêts pour enfin nous accueillir comme il se doit ? »
La jeune fille était intimidée. Elle lui tourna maladroitement le dos et chercha auprès du vieil homme une nouvelle question à poser. C'était lui qui menait le jeu. Elle n'était qu'une simple interprète. D'un haussement de sourcils le vieillard signifia que dorénavant cela ne dépendait plus de lui. Alors elle posa une dernière question et ce fut le début de tout.

« Maintenant Seigneur que devons-nous faire ? Que votre volonté soit faite ? »

Ainsi c'était bien ça, songea Seynod satisfait de la tournure que prenait les événements. Martix était désorienté. Mais pas le prêtre. Celui-ci baignait dans son élément. En professionnel de la religion il avait l'expérience pour interpréter parfaitement le rôle d'un dieu.

Il s'avança majestueusement et tendit les bras vers la foule. Dans sa vieille peau de cuir qui lui donnait l'air d'un chevalier ancien, avec son crane lisse et brillant, avec ses yeux arrogants enfouis dans le creux de la fatigue des péripéties vécues ces dernières heures, et avec sa voix grave et chaude, il joua à la perfection ce rôle divin. Seynod projetait sur la foule une image qui avait la force sublime de frapper l'imagination de ces pauvres déchets humains, bloqués depuis des lustres par une folle supercherie sur leurs sièges ridicules.

Il s'adressa à eux dans leur langue. Le premier mot fut comme un coup de tonnerre. Martix n'en revenait pas. Le grand prêtre lors de ses études s'était spécialisé dans les langues oubliées. Il s'était souvent amusé lors de discours improvisés d'ajouter des mots, des phrases qui revêtaient un sens magique pour ceux ou celles qui ne les comprenaient pas.

Le sacré n'était qu'une alchimie dosée de recettes efficaces depuis le début de l'humanité. Seynod l'avait compris dès son jeune âge. Il en possédait même le don. Et sa partie mécanique au cours de ces longues années lui avait permis avec facilité d'assimiler un nombre important de langues, d'idiomes, de dialectes de toutes sortes. Et le hasard aujourd'hui lui offrait un cadeau royal.

- Oui je viens des hauteurs ! Oui je viens des profondeurs ! Je suis celui que vous attendez. Désormais c'est par ma seule volonté que vous vivrez.

Comme le silence qui s'était soudainement établi tardait à se briser dans l'immense clameur qu'il avait l'intention de provoquer, il fut obligé de poursuivre :

- Oui mes enfants ! Je suis votre père, votre sauveur… Et je vous offre la délivrance. Je vous offre le salut comme déjà je l'ai offerte à votre frère ici. Votre frère qui est devenu depuis... mon disciple fidèle.

Le grand prêtre désigna d'un geste large Martix qui souriait niaisement face à ce charabia dont il ne comprenait rien.
Dans la seconde la foule réagit par un grondement sourd qui fit trembler les murs du temple. Seynod ajouta :
- Oui ! Très bientôt je vous donnerais le pouvoir de marcher et d'être libre.

Ce qui s'ensuivit alors fut indescriptible.
Une bousculade provoqua un mouvement désordonné parmi la foule. Des dizaines de chaises roulantes, de chariots furent renversés. Des cris, des hurlements fous emplirent le silence. Des malheureux furent blessés lors de cette frénésie soudaine. Chacun voulant s'approcher, voir de plus près, et même toucher ce dieu victorieux, debout, humble et écrasant à la fois. Ce dieu qui promettait enfin d'ouvrir les portes du paradis.
Quand le calme fut enfin revenu, les deux hommes sortirent, accompagnés de leur escorte. La jeune femme les entraîna à l'intérieur d'une autre bâtisse plus agréable à l'œil. Une grande demeure, sans architecture, et qu'elle baptisa pompeusement « palais officiel ».

A l'intérieur un petit groupe de jeunes femmes attendait avec fébrilité. Elles apportèrent de la nourriture et des vêtements qui ressemblaient aux leurs.
Avant que le repas ne débute le vieillard s'approcha de Seynod. Dans une attitude soumise et tintée d'un grand respect il lui tendit le fameux collier d'améthystes qu'il avait ôté de son cou. En lui faisant ce don le vieillard lui conférait d'une façon officielle le titre suprême de « grand sauveur ».

Le prêtre remercia le vieillard du bout des lèvres de l'honneur qu'on lui faisait. Avec des gestes étudiés, Seynod passa le collier autour de son cou. Lorsqu' il l'embrassa la ferveur des

assistants redoubla et de nouveaux cris d'hystérie retentirent. Des femmes ne purent retenir leurs larmes. Martix conscient de l'énorme duperie dont il était le témoin ne put s'empêcher de foudroyer du regard son coéquipier. Mais celui-ci trop occupé à jouer sa mascarade ne lui accorda aucun regard de connivence. Quand Seynod enfin daigna lui adresser la parole ce fut seulement pour lui proposer :
- Vous devriez vous habiller comme eux. Cela leur inspirerait confiance.

L'ancien professeur d'histoire, sous la pression des jeunes femmes, suivit par force le conseil tout en grommelant. Mais il voulut conserver sur lui la peau protectrice, à l'étonnement des filles présentes. Pour l'instant il n'était pas question de céder sur ce point. Une courte jupe doublée d'une longue toge couvrit son corps et on lui noua aux pieds deux semelles épaisses et confortables pour éviter les dangers du sol.
- Tout à l'heure, mon cher vous me rendrez la peau protectrice, annonça Seynod profitant de l'aubaine pour définitivement régler ce point qui lui tenait tant à cœur. Je dois me différencier de vous et d'eux par la même occasion. C'est vital pour nous.
- Je ne comprends pas, fit Martix étonné.

Seynod éclata de rire.
- C'est simple ! Je leur ai dit que vous étiez mon disciple, que j'étais leur dieu... J'ai tous les pouvoirs. Je suis leur nouveau chef… N'est ce pas mon cher enfant ?

Là, il se fichait carrément de lui. Son rire d'anhydride redoubla. Martix avait été joué. Il était plus prudent ne pas rétorquer. D'endormir son si aimable ami... A l'avenir il avait tout intérêt de se méfier de ce serpent venimeux.
- Je veux des soldats autour de moi !continua le prêtre.

Comme les femmes restaient pétrifiées il ordonna encore :
- Occupez-vous de mon ami. Faites qu'il reste ici !

Puis s'adressant à leur guide :

- Et toi, petite, conduis-moi… Vous vieil homme venez donc avec moi !

Gonflé par sa toute nouvelle importance, il devança la jeune interprète et il quitta la pièce laissant Martix de plus en plus décontenancé.

Les filles s'occupèrent de sa personne. Elles le choyèrent, lui préparèrent une chambre de repos, entamèrent la discussion par télépathie et lui firent admettre qu'il devait ôter ses vêtements, ainsi que la peau qu'il devait restituer, pour qu'elles puissent le laver convenablement et conformément au rituel qui régnait en ces lieux.

Plongé dans une eau ravigotante, Martix découvrit pour la première fois les bienfaits d'un simple bain. Il résista à la tentation de sortir du bassin et s'abandonna à l'expérience de ces femmes. Elles le bouchonnèrent avec des mains énergiques, armées d'éponges rugueuses, paradoxalement prodigieuses de douceur.

Il se fit conter tout ce que Seynod avait dit. Elles lui avouèrent qu'elles avaient reçu l'ordre de le garder. Mais avec les meilleurs égards. N'était-il pas le disciple de leur sauveur ? Il protesta mais une d'elles rétorqua indignée :

- Mais tu dois obéir ! Tu es son disciple…

Martix ne comprit pas le langage mais il entendit en simultané sa pensée. Il mesura combien il avait été grugé.

Il s'éloigna alors dans une autre pièce et se recroquevilla dans un coin, comme pour soigner sa blessure. Il n'y avait aucun endroit où s'asseoir. Écœuré, il ouvrit les vannes de sa dérive. Lentement, inexorablement, dans le brouillard d'une colère sombre. Les filles qui l'avaient suivi firent marche arrière et le laissèrent à ses plaintes d'homme trahi. Puis il se leva et chercha frénétiquement la sortie de ce palais lugubre. Mais les portes étaient toutes closes. Il n'existait aucune possibilité de s'échapper.

Martix était prisonnier. Même si les geôlières étaient jeunes et charmantes. Il se résigna et pour atténuer sa haine il commanda encore de la nourriture. Autant prendre les choses du bon côté.

Il avait besoin de réfléchir. Le repas fort agréable qu'on lui servit combla en partie son amertume. Il le dégusta avec des doigts gourmands. Il n'y avait aucune comparaison avec le quotidien qu'il extirpait difficilement des entrailles de la forêt. Calmé, repu, il annonça qu'il désirait dormir.

Les jours passèrent.
Les filles furent parfaites. Elles respectèrent sa présence boudeuse tandis que dehors, quelques hommes armés de pics, immobiles sur des chaises, montaient une garde grotesque.
Pour tuer le temps, puisque c'était aussi les vœux de Seynod, il décida donc de leur apprendre à marcher. Il eut quelques difficultés pour leur en faire admettre la nécessité. Leur mode de déplacement était le seul qui puisse être. Et pourquoi en changer, affirmaient-elles ?

Pendant ce temps Martix avait constaté rapidement l'indolence de ce peuple timoré. Ainsi que leur absence d'agressivité. Une véritable aubaine pour Seynod. Qu'œuvrait-il à l'extérieur ? Cela demeurait un mystère.
Peu à peu les jeunes femmes commencèrent à se dresser sur leurs jambes, à se tenir debout, à ébaucher quelques pas. Martix était dans l'obligation de les pousser, de les gronder, de beaucoup les flatter, pour parvenir à les motiver. Elles prirent de l'assurance. Une nouvelle émulation les aiguillonna et les fit progresser chaque jour.
Un soir l'une d'elles vint le chercher dans sa chambre où il méditait. Elle s'empara de sa main gauche. Malhabilement, elle l'entraîna.
- Pourquoi ne marchiez-vous pas avant ? demanda Martix qui avait eu tout le loisir d'apprendre les premiers rudiments de leur langue.
- C'était interdit. Et on n'a jamais appris. Depuis toujours. Il n'y avait pas de question à se poser. Dès le plus jeune âge quand les enfants, dans leur pureté naïve, tentaient de se dresser sur leurs jambes, le devoir des parents était de les réprimander. Parfois même de les attacher sur leur petit siège par simple mesure de précaution. Marcher n'était pas décent.

- Et maintenant ?

Elle hésita. Elle répondit toutefois.
- Il semblerait que cela ne l'est plus puisque notre Seigneur désire que nous nous déplacions de cette manière. Aujourd'hui nous savons avancer de quelques pas... A l'exception des gens âgés ou des malades.
- C'est tout ce qu'il vous apprend ?
- Non ! Il lève aussi une armée. Les guerriers de Dieu pour lutter contre les infidèles de l'extérieur. Ceux qui nous ont obligés à vivre enfermés dans cette cité. Une armée pour reprendre notre place dans « l'Éden aux mille joyaux ». Ce sont ses paroles.

Martix hocha la tête. Seynod était fou. C'était pour cette raison qu'il l'avait tenu éloigné dès le premier jour.
- Où m'emmènes-tu ?

La fille lui serra davantage les doigts. Une douce pression…
- Dans notre chambre.

Perplexe il la suivit. Les deux autres femmes qui étaient restées à son service attendaient leur venue. Elles se tenaient debout à côté de leurs sièges demeurés vides. Puis elles s'approchèrent lentement avec une démarche encore hésitante, mais fières de montrer au disciple Martix combien elles avaient progressé. La population de cette ville se déplaçait de cette façon. Comme si toute la ville était en rééducation.
- Que voulez-vous ?
- Vous apprendre à notre tour quelque chose que vous semblez avoir oublié.
- Ou jamais connu, s'esclaffa la plus jolie.
- L'amour, conclut la troisième

Il répondit :
- L'amour, évidemment que je connais ! Mais sans ma partie mécanique, ce n'est plus possible. C'est une invention pour mieux nous asservir.

Elles ne répondirent pas, étonnées de tels propos. Soudain, Martix se retrouva entouré par trois femmes qui dans une même pensée désiraient la même chose. Sa télépathie ne lui fut d'aucune utilité car les ondes qu'il captait étaient trop confuses pour que son cerveau puisse les analyser. Elles le poussèrent vers une immense couche où elles dormaient chaque nuit, blotties les unes contre les autres, depuis qu'elles avaient été désignées pour tenir compagnie au disciple du grand Sauveur.

Elles entreprirent de le dévêtir.
Les premiers effleurements qu'elles prodiguèrent n'éveillèrent aucune réaction sur le corps immobile et glacé de Martix. Il chercha l'explication dans des tiroirs oubliés de son savoir historique. Les humains autrefois pratiquaient tout un rituel avant de s'accoupler. Mais il n'avait jamais eu suffisamment d'informations à ce sujet. L'homme devait introduire son sexe dans celui de la femme. Cette pratique lui avait toujours paru extrêmement compliqué et dégoûtant. Par quelle magie ce muscle perpétuellement ramolli pouvait-il pénétrer la femelle ? Quelque chose lui échappait.

Elles usèrent ensemble de tendres arguments pour l'exciter mais ne se découragèrent nullement devant la froide immobilité de leur partenaire. Martix un très long moment après eut une petite idée du pourquoi de tant d'acharnement.
Son ventre imberbe commençait à s'échauffer. Les filles s'en aperçurent et redoublèrent d'efforts. A son grand étonnement son sexe s'enflamma brusquement. Comme doué d'une vie propre il se dressa timidement.
Martix se redressa comme piqué par un insecte. Il détailla curieusement et scientifiquement cette petite chose qui tendait à vouloir devenir grande. Mais cette attitude eut l'effet déplorable de la faire retomber aussitôt. Il comprit alors son mécanisme subtil et libéra aussitôt son esprit de toute pensée néfaste. Il se rallongea doucement sur le dos, ferma les yeux, et s'abandonna à ce plaisir nouveau.

Il éprouva alors le besoin de bouger, de toucher, de prendre ces femmes dans ses bras. Au début ce fut difficile. Il était bloqué. Il ressentait un trouble mêlé d'angoisse au sujet de cette érection. Mais ce phénomène avait déclenché des gloussements de joie de la part de ses partenaires. Il se doutait qu'il devait y avoir un rapport certain entre ce jeu, pas si stupide que cela, et la sensation qu'il découvrait.

Elles l'encouragèrent. En les voyant s'amuser entre elles, se cajoler, joindre leurs jolies bouches mouillées, leurs douces mains déchaînées, Martix le professeur se remémora l'antique baiser de ses ancêtres, cette pratique bestiale qu'il avait oubliée. Ainsi que la pratique de la marche, celle du baiser avait été abolie par l'ordre et les grands principes moraux de la religion des « cent pour cent ».

Il voulut donc faire pareil et attira l'une d'elles contre sa poitrine. Il appliqua maladroitement ses lèvres contre les siennes et fut émerveillé de sentir cette langue tiède et vivante s'infiltrer aussitôt entre ses dents. Le baiser dura longtemps. Et le plaisir de donner prit le pas sur celui de recevoir.

Enfin quand l'une d'entre elles s'introduisit doucement en lui, qu'elle ondula langoureusement sur son ventre, il cria son plaisir et sa reconnaissance. Lorsqu'il émergea de sa torpeur, il constata que les deux autres jeunes femmes s'en étaient allées discrètement. Ragaillardi, il voulut honorer encore sa conquête mais celle-ci refusa et s'en alla rejoindre ses amies le laissant dépité dans le grand lit défait.

Martix le disciple, puisque tel était le titre qu'on lui donnait, se jeta ainsi régulièrement dans ce jeu nouveau, en compagnie de sa jolie partenaire. Dans les profondeurs de cette immense couche il oublia sa déconvenue. Il ne s'en extrayait que pour manger, se plonger dans les eaux d'un bain chaud ou dormir des heures durant.

Quand tous ses sens furent rassasiés, que son intelligence reprit enfin les rênes, un après-midi, au sortir d'un de ses exploits charnels, allongé dans son bain parfumé, il réalisa qu'il était devenu insidieusement un jouet, un pantin. Cette situation était un piège inventé par Seynod pour mieux le contrôler. Son combat personnel était-il donc terminé ? Son destin était-il donc de croupir dans ce lieu jusqu'à l'accomplissement du projet obscur de ce faux dieu ? Il décida de réagir sur-le-champ.

Parmi les trois femmes à son service, c'était la plus jeune qui avait eu sa préférence. Non pas pour sa beauté mais parce qu'elle était la plus agile à ce jeu de l'amour qui lui plaisait tant. Mentalement elle était aussi la plus proche, ouverte à sa force télépathique. Ce qui n'était pas le cas des deux autres capables d'établir des barrières psychiques.
Un matin, Martix la prit à part. Il tenta d'en savoir plus sur elle. Elle se défendit, essaya de préserver son passé, mais elle n'était pas de taille à lutter. Elle capitula rapidement. et préféra parler. Martix avait suffisamment appris leur langue pour comprendre maintenant le sens d'une conversion.

Fille d'un conseiller de la cité, dès que Seynod était apparu, elle avait été spectatrice du combat éphémère qu'avait livré son père contre les autres membres. Ce vénérable vieillard avait été l'un des rares responsable de la ville à vouloir s'opposer à Seynod. Elle conta comment ce dernier l'avait obligé à céder par la force de sa volonté. Pour le tenir, il avait enfermé sa fille dans cette cellule dorée en compagnie de son disciple.
Leur nouveau dieu avait préféré s'établir à l'extérieur de la ville dans un campement de fortune.
Tous les hommes valides devaient s'entraîner. L'interdiction sacrée, ancestrale de sortir de la ville avait été levée. Seynod avait ordonné de le suivre. Une brèche avait été pratiquée grâce encore à son pouvoir divin. Il détenait aussi la puissance du feu.
- Foutaise ! gronda Martix. Des explosifs… Et Seynod n'est pas un dieu. Tout au plus un vulgaire prêtre, fruit d'une religion maligne et nantie de tant de richesses qu'elle n'hésite pas à sacrifier l'un des siens pour se protéger.

A son tour, il expliqua à Nouba Ka, c'était son nom, qui il était réellement. Elle l'écouta religieusement, buvant ses paroles, lui

réclamant des précisions, étonnée comme une enfant avide et curieuse. Puis elle se coula dans ses bras et lui demanda :
- Et maintenant ?
- Il faut s'éclipser. Ton père peut-il nous aider ?
- Je ne sais pas où il est. Et puis il est âgé et son pouvoir est limité. Nous sommes désarmés dans cette cité. L'esprit qui nous anime est différent du votre. Notre peuple est résigné. Il ne faut pas réclamer l'impossible.
- Puisqu'il existe maintenant une brèche. Sortir d'ici ne doit pas être trop compliqué. Avez-vous des machines volantes ? Des véhicules terrestres ?
- Non ! A ma connaissance rien de cela. Nous vivons depuis des temps anciens sous la protection de la coupole. Telle est notre destinée.

Martix la regarda avec pitié. Mais il se traita d'idiot. Qu'avait-il de plus ? Avec sa fichue partie mécanique, cette gangrène du corps et de l'esprit qui asservissait dans un luxe trompeur toute la soit-disant élite de cette planète. Ces pauvres gens dans leur ville ! Lui et les siens dans leur cellulo ! C'était la même chose. Mais qui était derrière tout cela ? Dieu ? Ou un être fait de chair comme lui ?
Il demanda :
- Où se trouve la machine volante dans laquelle nous sommes venus ?

Elle lui dit ce qu'elle savait.
Seynod avait utilisé le feu de l'explosif pour accéder au toit de la tour où le cellulo volant s'était posé. Il était reparti avec et il s'était posé près de sa tente. Maintenant il faisait l'objet d'une garde sérieuse par les fidèles les plus fanatiques.
Pour Martix il était urgent de tenter une nouvelle évasion.
Nouba ka avait compris le pourquoi de tant de questions. Mais, elle aussi, avait pris une décision. Celle de garder le secret, de l'aider, et de lui offrir ainsi une preuve de ce qu'elle éprouvait. Une preuve plus forte que de simples caresses dévouées au plaisir. La jeune femme était amoureuse du professeur. Elle lui

confia son désir sincère de l'accompagner sans se soucier des conséquences de sa désobéissance.

Ils attendirent donc le cœur de la nuit suivante pour filer. Pour se glisser dans le couloir qui menait à la sortie.

Dehors il n'y avait plus qu'un seul gardien. C'était un tout jeune homme équipé d'une lance métallique qui de surcroît leur tournait le dos. Martix regretta de ne plus avoir les armes qu'il avait dénichées dans la grotte et dont Seynod s'était aussitôt emparé. Fortifié par sa nouvelle assurance, il emprunta le chemin de la ruse.

Il enlaça Nouba ka par la taille et ils avancèrent de la manière la plus naturelle. Le gardien fit volte-face. Surpris, il marqua un temps d'arrêt tandis que le couple, nonchalamment, s'arrêtait devant lui.

- Dites-moi… Seynod, notre vénéré Seynod est-il arrivé ? Il nous a demandé de le retrouver ici. J'espère que nous n'allons pas trop attendre.

Le nom de Seynod ainsi prononcé augmenta davantage le désarroi du garde. C'était un jeune soldat qui avait eu le tort de se porter volontaire. Il avait encore des difficultés pour se maintenir debout ! Appuyé sur sa lance il répondit :
- Vous ne devez pas sortir ! Ce sont les ordres…

Martix le rassura. Ses paroles étaient tranquilles.
- Nous le savons ! C'est pourquoi Seynod a précisé que nous devons l'attendre en votre compagnie. Vous me reconnaissez, n'est-ce pas ?
- Euh oui ! Vous êtes son disciple…
- A la bonne heure ! Vous voyez…

Profitant de sa position avantageuse, Martix décocha au visage du malheureux un magistral coup de poing qui l'envoya au pays des songes. Nouba ka poussa un gémissement et se précipita vers le jeune homme.
C'était une de ses connaissances.
Gêné Martix s'excusa. Il n'avait pas trouvé d'autres solutions.

Une pensée le réconforta. Seynod, face à ce peuple indolent, avait dû rencontrer de sérieuses difficultés pour entraîner ces hommes sur le sentier de la révolte.

Ils tirèrent le corps inanimé dans l'obscurité. La rue était sombre et déserte. Nouba ka était chez elle. Sans la moindre hésitation elle prit l'initiative de la direction à suivre. Martix, docile, derrière ses pas, la suivit.

La liberté recouvrée après cette longue période de séquestration spéciale, après cet abrutissement charnel, possédait une saveur délicieuse. L'esprit de Martix s'étira dans une gymnastique plus rapide qui lui convenait beaucoup plus. Ses muscles redevinrent plus souples. Ils fonctionnaient étonnement mieux.

- Mène-moi à la brèche. Je veux sortir de cette ville. Je veux lui parler !

Nouba ka malgré la nuit sans lune, sans éclairage, avançait d'un pas alerte pour quelqu'un qui savait marcher depuis peu. La peur aussi lui donnait une certaine vélocité.

De nombreuses rues sombres, d'autres immeubles qu'il fallait traverser, des portes, des couloirs furent autant d'obstacles à franchir. Dans ce moment de danger imminent, la notion du temps se figea pour les fuyards et ne s'étira qu'au prix d'un effort désespéré. Leur orientation était difficile. Ils jouèrent à cache-cache avec les gardes. Mais ils eurent à chaque fois beaucoup de chance.

Heureusement pour Martix et son amie les soldats n'étaient pas de réels combattants. Ils écoutaient leur nouveau dieu, sans passion, sans enthousiasme. Cela devait être. C'était arrivé. Pourtant Seynod les avait subjugués par sa pensée profonde, magnétique, par sa voix d'orateur extraordinaire, par sa très qualifiée technique religieuse et par le souvenir impérissable, magnifiée, de son entrée triomphale sur les toits de la cité.

Mais se tenir ainsi debout était un acte qu'ils ne comprenaient pas. Ils obéissaient mais à contre-cœur. Pourquoi Seynod leur demandait-il de se plier à une telle barbarie ? Entre la marche et la guerre il existait une différence qu'ils n'assimilaient pas.

C'était trop pour ce peuple qui vivait au ralenti, assis ou couché. Qui ne demandait qu'à jouir des bienfaits de la pauvre vie qui était la leur.

Martix avait compris cet état d'esprit. Il avait davantage vécu sur ses deux jambes que la plupart d'entre eux. Sa motivation aussi était plus forte. L'expérience acquise lors de ses péripéties lui procurait un certain culot. D'encourir le blâme de la part de Seynod lui importait peu. Il ne le craignait pas. Au contraire, il lui tardait de le coincer, de réclamer de franches explications sur sa trahison.

Le monde dormait. Le sommeil c'était une façon de vivre, d'oublier, de supporter. Même les soldats de cette armée chancelante, levée à la hâte par un dieu pressé, se reposaient tous, paisibles, à l'abri, sous leur toile de tente improvisée. L'énergie dépensée pour les nombreux exercices de marche forcée les épuisait. Et les veilleurs chargés de garder le camp étaient aussi fatigués que ceux qui profitaient d'un repos bien mérité.

A l'extérieur du dôme couvert de moisissures c'était autre chose. La nuit baignait dans l'éclairage voilé du ciel. La température était douce. Un brin de vent alimentait le frémissement des feuilles. Quelques arbustes jaunis, perdus dans des massifs d'herbes chétives, décoraient le sol désertique de ce coin abandonné. Plus loin, des millions de rocailles entouraient la cité à n'en plus finir. Qu'il était loin le temps, songea le professeur, où dans le ventre de son cellulo, il filait dans le firmament empourpré en de longues promenades solitaires et merveilleuses !

Nouba ka qui jusque-là n'avait rien prononcé et qui s'était contentée de montrer le chemin à son ami, s'arrêta.
- Je ne peux pas aller plus loin. J'ai trop peur, balbutia-t-elle.

Martix se rendit compte qu'elle grelottait. La jeune femme avait atteint sa limite. Elle avait fait tout cela pour lui. Il n'avait pas le droit de lui en demander davantage. Avait-t-elle cru tout ce qu'il lui avait confié ?

- Où vas-tu aller ? lui demanda-t-il compatissant.

- Chez-moi, simplement. Ils ne me trouveront pas. Je voudrais revoir mon père. Pardonne-moi. Tu vois bien que je ne peux pas te suivre…

Elle poursuivit :

- La tente où Seynod a pris ses quartiers ne doit plus être très éloignée. De toutes, elle sera la plus vaste. Le cellulo volant, comme tu l'appelles, est garé certainement à côté. Il se raconte qu'il le surveille jalousement pire que si c'était une femme aimée.

- Les prêtres ne s'abaissent pas. Ils ne fréquentent pas les femmes. Mais ils possèdent d'autres plaisirs plus raffinés. Leurs cellulos pourvoient à leurs besoins. Même les plus difficiles. L'homme et la machine… Mais je ne sais pas si tu es capable de comprendre tout cela ?

- Se passer des femmes. Combien je vous plains ! Vous ne savez pas ce que vous perdez. Mais toi, mon ami, maintenant tu en as une idée...

Martix à cette évocation sentit le feu envahir ses joues. Effectivement, il avait appris qu'il n'y avait pas que la marche dans la vie. Et que l'amour était un piège d'où il était difficile de sortir quand on y avait goûté.

Le désir de posséder cette femme alluma une dernière fois le cinéma de son cerveau et se fondit tout aussi rapidement parmi les dessins obscurs de la nuit. Désemparé, il attendit quelques secondes avant de repartir. Cet abandon le peinait. Il avait comme un goût d'inachevé sur le rebord de sa pensée. Son corps réclamait encore cette fille si jolie qui déjà n'existait plus. Mais il avait encore tant de chose à découvrir.

Nouba ka avait raison.

La tente de Seynod était la plus spacieuse. La mieux conçue. N'était-il pas Dieu ? Quelques soldats somnolaient devant un brasier mourant. Des lances plantées dans le sol formaient une barrière infranchissable devant la porte. L'éclat du métal luisait sous les feux de la Lune mystérieuse et aujourd'hui abandonnée par les hommes. Des ruines. Il ne restait plus que des ruines à en croire certaines rumeurs. Une sombre histoire de rentabilité enfouie à jamais dans la poussière grise de la mini-planète.

Martix attendit avec sa patience coutumière, blotti dans un coin d'ombre, à l'écoute du moindre bruit. Tout paraissait calme. Puis, le moment venu, il se faufila par derrière et se glissa sous la bâche. Comme tout cela était facile ! observa-t-il un instant. Quand un homme est déterminé, il ne craint ni le futur, ni la mort.

L'intérieur était clair. Le sommet de la tente était transparent. Pour un pseudo dieu, ironisa-t-il intérieurement, la communion avec le ciel était primordiale. Il reconnut cette fameuse mise en scène. Cette façon de faire des prêtres et des faiseurs de morale. De ce compagnon de misère qui s'était débarrassé de lui. Le temps des explications était venu.

Martix avisa un poignard antique, aiguisé, qui faisait partie des armes trouvées dans la grotte. Il était posé sur un petit meuble. Il s'en empara et approcha à pas feutrés du lit qui occupait un coin de cet espace. Seynod dormait du sommeil de la certitude. L'ancien professeur d'histoire savoura cet instant. Il appuya la pointe de l'arme sur le cou du prêtre et prononça d'un ton moqueur :

- Mon dieu et mon souverain c'est l'heure de se réveiller. C'est l'heure de revenir parmi les vôtres. Les pauvres humains que nous sommes…

Seynod voulut se redresser et le sang perla. Il poussa une exclamation vite étouffée par la main vive de Martix qui changea aussitôt de ton.

- Si vous ameutez les gardes, tout dieu que vous êtes, vous serez aussi un homme mort !

Les yeux maintenant grands ouverts, Seynod reconnut Martix.

- Vous ? Ici…

- Vous semblez étonné. Vous pensiez qu'il suffisait de m'enfermer, de me procurer des servantes et que vous seriez seul à profiter du pouvoir. Et bien non ! D'ailleurs ce pouvoir est-il celui qui nous fera aller plus loin ? Nous indiquera-t-il la solution ?

- Il n'existe pas de solution. Martix, mon ami, vous vous leurrez !

Le couteau n'avait plus raison d'être. Martix s'en fichait. Il n'était pas un tueur. Il le jeta par terre et sous l'emprise de la colère se redressa. Un doigt accusateur tendu vers celui qui l'avait trahi.

- Vous souvenez-vous que je vous aie sauvé la vie, alors que vous creviez sur votre siège là-bas dans la forêt ? Vous souvenez-vous que c'est moi qui vous aie appris à marcher ? Que c'est encore moi qui aie découvert le cellulo sous la terre ! Savez-vous ce que signifie le mot reconnaissance ? Pour quelqu'un d'aussi éduqué, je suis très étonné. Je pensais malgré nos différences que nous étions solidaires. Que nous étions réunis par cette liberté nouvelle et si durement conquise ! Alors pourquoi m'avez-vous enfermé ?

Seynod se leva. Il se drapa dans une robe pourpre et avala d'un trait le contenu d'une coupe posée à côté du lit sur un plateau transparent.

- Je désire être seul !

Martix leva les yeux au ciel. Il était exaspéré.

- Seul ! Vous osez dire seul ! Alors que vous vous entourez de dizaines de soldats qui n'en sont pas. Qui n'ont que des lances et qui savent à peine tenir sur leurs jambes ! Il faut bien plus que cela pour marcher dans la vie. Et encore plus pour se battre. Si nous avons appris à nous déplacer par nous-même si bien et si rapidement c'est parce que notre vie était en jeu.

- Je désire rester seul avec mon peuple. Il n'y a pas de place pour plusieurs dieux. Je suis le seul et si vous étiez resté avec moi le doute se serait propagé dans les esprits.

- Vous n'aviez qu'à me tuer alors !

- Non ! Vous l'avez dit. Vous m'avez sauvé la vie et je vous en suis gré. Mais nous sommes quittes maintenant. Vous n'êtes qu'un professeur. Je suis un grand prêtre. Ne l'oubliez pas…

Vous appartenez à la quatrième ou à la cinquième catégorie. Moi je suis de la première. Et puisque les Douze n'ont pas voulu de moi, ils devront se plier à ma volonté.

Martix entendait cela pour la première fois. Ainsi les Douze existaient réellement.

- Qui sont-ils ? demanda-t-il.

- Ignorant ! Ce sont ceux qui gouvernent cette planète. Ils m'ont écarté car ils ont eu peur de moi. Pourtant ils seront bientôt prosternés à mes pieds. C'est moi qui forgerai le monde. C'est moi leur dieu ! Avec mon armée, lorsqu'elle sera prête et aguerrie au combat, je les obligerai à céder. L'ordre éternel régnera alors sur cette planète de pourriture. Le monde sera lavé de ses impuretés. J'ordonnerai l'exécution de ceux qui se vautreront dans la débauche et le plaisir.

Au fil de cette diatribe Martix comprit que Seynod faisait partie de cette bande d'extrémistes dont il avait entendu parler. Peut-être était-il leur chef ? Un fanatique qui ne reculerait devant rien et qui avait bien caché son jeu. Il s'était servi de lui dès le premier instant. Cet homme trop gênant avait était évincé par les siens. Ainsi, il avait été un personnage très important. En fait, cela ne l'étonnait pas. Seynod en avait bien la stature. Seulement, il était fou…

- Que comptez-vous faire maintenant ? dit Martix.

- Vous devez retourner dans la demeure que je vous aie assignée. Et m'obéir. J'aurais besoin de vous dans quelques temps. Grâce à moi, un jour, votre position, sera des plus enviables. Vous me remercierez. Mais surtout, souvenez-vous ! C'est moi qui…

Martix l'interrompit.

- Mais essayez bon sang de vous souvenir. La partie mécanique était notre moitié. Comment l'expliquez-vous ?

- Vous avez raison sur ce point. C'est une invention qui nous vient du passé pour mieux nous tenir. Même les Douze coincés sur leur cellulo d'ultime génération sont ignorants à ce sujet. Ils

ne savent pas marcher. Mais ce n'est pas moi qui vais leur apprendre. J'ai déjà prévu pour eux un petit voyage en forêt…
- Mais Dieu dans tout cela. Ce n'est pas vous ! Vous le savez bien.
- Je suis son instrument. Et à la fois je suis en lui. Je sais aussi que je suis immortel. Au-delà de mes deux cents années d'existence, mon esprit continuera à rayonner parmi vous. Je reviendrai dans l'enveloppe d'un de mes sujets.

Martix recula. Seynod n'avait plus sa raison. La folie. Une folie sacrée. Il n'y avait rien en à tirer. Les racines du mal étaient profondes. Enfouies à jamais dans la terre de son orgueil démesuré. Il ne restait plus qu'à partir, l'abandonner, continuer sans lui.
Seynod soupçonna aussitôt la pensée du petit professeur.
- Où allez-vous ? dit-il.

Mais avant même qu'il ne réagisse, Martix se précipita dehors et fonça vers le cellulo. Il bouscula au passage la haie de lances. Il sauta avec toute l'adresse de son corps retrouvé à l'intérieur de l'engin. Il bloqua la porte et se mit aux commandes. Le moteur toussa deux ou trois fois puis enfin démarra. Les lances claquèrent et se brisèrent sur la robe métallique de l'appareil. Mais en vain ! Seynod les bras levés hurlait des ordres sans suite. Des mots de haines couverts par le bruit assourdissant du rotor et des pales déchirant la nuit.
Martix tira énergiquement sur le levier de commande et s'éleva dans les airs comme un insecte blessé. C'était la première fois qu'il pilotait l'engin. Il avait observé avec attention comment procédait Seynod quand il était aux manœuvres. Enfin stabilisé il décrivit un cercle autour de la cité et oublia le monde sordide qu'il laissait sans regret. Seul le doux visage de Nouba ka s'imprima dans son esprit. Il s'y abandonna un instant avec nostalgie. Puis il eut recours à la technique mentale de base et il colla le visage de Manaella sur celui de Nouba ka. Puis il ferma les volets de sa mémoire. Et se concentra sur son vol.

Comme une minuscule poussière suspendue dans la rougeur de l'aube, le cellulo s'enfonça dans l'immensité du ciel. Martix éprouva comme une nouvelle naissance. La beauté de l'horizon l'apaisa. Le jour enfin se leva et le soleil distribua un à un les premiers traits de sa lumière chaude. Il tendit son visage, ferma légèrement les yeux et sous cette caresse intime du matin il retrouva son optimisme. Il s'orienta et décida de continuer vers le sud.

Au cours de la matinée, il aperçut grâce à son excellente vue, légèrement décalée, des éclats de lumière qui l'intriguèrent. Il changea de cap aussitôt.

Il découvrit un amas éparpillé de ferrailles déchiquetées. Le scintillement qui l'avait attiré était la partie intacte d'un pare-brise d'un immense cellulo volant qui s'était écrasé dans cet endroit reculé.

Une colossale carlingue enfouie en partie dans une terre rouge et qui reposait autour d'arbres brisés, déracinés et calcinés. Un sillage profond parmi la végétation contrastait étonnamment. Il prouvait surtout que la nature n'avait pas encore repris ses droits. L'événement était relativement récent.

Martix était perplexe. Cela ressemblait à une machine ancienne. Sa première pensée pencha pour un vaisseau spatial. L'ambition d'explorer la galaxie pour en tirer un maximum de profit s'était éteinte. La construction de tels engins avait été stoppée lors des premiers grands conflits. La Lune avait donné un temps du minerai. Mais aujourd'hui tout était à l'abandon. Les voyages étaient interdits. Ils étaient réservés à quelques privilégiés qui ne se déplaçaient que sur des circuits autorisés. Comme lui autrefois.

Il se posa sans difficulté. Prudemment, il s'approcha à grandes enjambées de l'épave. Devant une entrée béante et déchiquetée sur le flan de l'appareil il eut un mouvement d'hésitation. Une pétillante cacophonie d'une multitude de piafs nichés dans les arbres comblait le silence pesant de la forêt. Il n'y avait aucun souffle de vent. Seul le craquement d'une petit animal en fuite lui certifia en cet instant qu'il n'était pas seul.

Il se fraya avec difficultés un passage parmi les débris du métal tordu. Il parvint à la cabine de pilotage. Une vaste pièce dont une large partie était toujours en état. Des machines rutilantes et intactes couvraient les murs de chaque côté. Par contre l'avant était entièrement défoncé. L'immense pare-brise avait volé en éclats et d'énormes lames de verre avaient déchiqueté trois des quatre sièges qui occupaient cet espace.

Sur le quatrième un cadavre effondré à moitié dévoré par les insectes attestait du choc violent de l'atterrissage forcé. L'odeur était épouvantable. A cette heure-ci le soleil tapait dur sur la scène. Et la chaleur dégagée contribuait grandement à cette puanteur macabre.

Martix était fasciné. C'était la première fois de sa vie qu'il contemplait la mort de si près. Dans l'obscurité du mouroir, d'où il avait réussi à s'échapper, les cadavres étaient enlevés immédiatement. Il n'avait jamais eu l'occasion d'assister à la défaite de la chair. Dans son ancienne cité de Massie c'était l'hôpital concepteur qui se chargeait de soustraire à la vue des vivants ceux qui avaient terminé leur cycle de vie autorisé. Cela s'arrêtait là pour le commun des mortels. Cependant il avait eu l'opportunité d'apprendre certaines choses. Notamment que les morts se décomposaient. Et que les vivants se débarrassaient des corps, soit en les cachant sous la terre ou en les brûlant. Ces pratiques avaient disparu. Mais en était-il réellement certain ? Il existait tant de choses qu'il ignorait.

Le mort, vraisemblablement un des pilotes, était un homme libre, pensa Martix. Un homme qui marchait à l'intérieur de sa partie mécanique. L'homme était pourvu d'une combinaison noire, équipé de bottes dont les semelles étaient passablement usagées.

Exactement comme dans le musée qu'il avait visité rapidement, autrefois, avec son cellulo d'étudiant...

Le vaisseau était récent. Cela se voyait aux chromes rutilants, à l'acier qui n'était pas encore attaqué par les intempéries. Et par la végétation gourmande qui n'avait pas encore fini son repas.

Elle n'avait pas encore englouti ce met providentiel tombé du ciel. Ce vaisseau c'était du présent à l'état pur.

Martix se faufila à l'extérieur et s'assit sur un tronc qui jonchait le sol. Quelle était la cause de ce terrible accident ? Et ce type ? Il devait le sortir de là. Le cacher sous des feuilles. Ou même faire un trou comme avant. Mais il n'était pas pressé. Cette odeur était difficilement supportable.

Cette découverte cependant était extraordinaire. Elle lui insuffla une formidable bouffée d'espoir. Une autre énigme à résoudre. D'autres hommes avaient évolué différemment et ils habitaient ou visitaient cette planète à bord de tels engins.

Quand il fut remis de son émotion, Martix se mit au travail. Il détacha le corps de son siège et le fit basculer à l'extérieur à travers l'ouverture de la carlingue éclatée. A l'endroit même où le pilote était tombé, il creusa un trou. Après un dernier regard, il poussa du pied la chair meurtrie et nauséabonde et se dépêcha de recouvrir de terre ce funeste compagnon.

Méthodiquement, il fouilla le terrain. Il collectionna les indices. Et trouva dans un coin de l'immense vaisseau une salle pleine de matériel, d'armes et de vivres. Il y avait même une réserve de carburant qui a priori pouvait servir pour son cellulo volant.

Ce vaisseau était un cargo. Son chargement était providentiel. Une alcôve oubliée, envahie déjà par les ronces et les lianes offrit à Martix le plus beau des cadeaux.

Une petite bibliothèque où il tomba de stupéfaction devant des cartes et même sur d'anciens livres numériques écrits dans une langue qu'il ne connaissait pas.

Une exclamation lui échappa. Une carte avait retenu soudain son attention. Les continents dessinés lui étaient familiers. C'était une bonne vieille carte de la terre portant des pliures, et des traces d'un usage intensif. Elle était froissée et déchirée en un endroit. Il chercha le mot... Papier ! Elle était en papier. Il était devant un trésor archéologique. Martix en dénicha d'autres soigneusement rangées. Comme si jamais personne ne les avait consultées ce qui était étonnant pour un engin conçu à première vue pour de longs voyages. Il paraissait moins sophistiqué que son ex-cellulo. Toutefois il ne fallait pas se fier aux apparences.

Vraisemblablement d' autres modes de repérage plus efficaces devaient exister pour diriger ce lourd vaisseau. Celui-ci servait à transporter des tonnes de marchandises alors que la fonction des cellulos de ses anciens concitoyens était d' asservir l'être humain dans un confort des plus trompeur.

En étudiant la carte il vit qu'il existait une vingtaine de cités semblables à sa ville natale. Il la chercha et la repéra sans difficulté dans le creux ancestral du vieux contient. Des chiffres étaient alignés à côté de son nom. Certainement un code.

Les autres villes indiquées sur la carte étaient principalement en bordure des mers et des océans. Et dire, pensa-t-il, qu'il croyait habiter l'unique ville civilisée de la planète. Pourtant autrefois, au cours de ses déplacements avec sa partie mécanique, il n'avait jamais rien vu de pareil. Les couloirs aériens n'étaient pas là par hasard... Chacune des parties mécaniques possédait la conscience ou le bon programme pour éviter justement ces cités qui devaient rester ignorées, à l'écart les unes des autres.

Le conseil des Douze gouvernait la cité d'une main de fer. Très peu de gens étaient ainsi autorisés à voyager. Lui-même avait été un privilégié. Sa position de professeur lui en avait conféré le droit. Martix en ressentit une certaine amertume. Les quelques voyages qu'il avait pu faire étaient ridicules. A peine quelques survols au-dessus de la forêt sauvage et de la mer Bleue. Ce qui n' avait pas empêché ses amis et connaissances d'alors, de le jalouser à ce sujet. Ainsi ces déplacements n'étaient que des leurres. Uniquement destinés à faire croire aux fidèles de l'église des « cent pour cent » qu'ils étaient libres d'aller à leur guise.

Pourquoi ce mystère ? Il se perdit dans les hypothèses. Mais ce n'était pas sa première question sans réponse. Par contre, il savait maintenant où il trouverait le maximum de données pour résoudre cet imbroglio. Les Douze, détenaient la vérité. Il suffisait d'aller leur demander. Il se jura de tout tenter pour les déloger de leur cachette dorée et de leur arracher mot à mot l'explication de tout cela.

Il passa plusieurs jours à s'organiser. Il découvrit les différentes pièces d'un autre cellulo volant. Un cellulo militaire. Plus petit et ultra perfectionné. Cela lui demanda beaucoup d'efforts et pas mal de patience mais il parvint à le remonter.

Au cours de ce travail intense il s'écorcha les mains et une évidence lui sauta aux yeux. Ses mains d'intellectuel n'étaient plus les mêmes. Elles étaient devenues nerveuses, dures, mais aussi plus souples. Elles s'étaient habituées au travail manuel, à lutter pour survivre. Depuis l'instant de sa première cabane dans la forêt, de ses cueillettes pour manger, de ses exploits pour se hisser à la cime des arbres, de ses manipulations autour des anciennes machines roulantes et volantes. Et bien sûr, sans oublier la douceur maladroite qu'elles avaient offerte à la belle Nouba ka.

Il en éprouva une grande fierté et cela contribua à le motiver. Son corps était tellement bizarre. Il était un homme différent sous le roulement de ses muscles. Il n'avait plus qu'un seul désir. Retrouver Manaella. Elle ignorait tant de choses si belles, si subtiles…

Quand Martix eut préparé son matériel, nourri de sa toute nouvelle espérance, il chercha sur la carte le code de la cité Massie et le programma sur le tableau de commande du cellulo militaire.

Sans attendre, il décolla silencieusement abandonnant avec nostalgie le vieux cellulo qui l'avait si bien servi après tant d'années d'oubli et de solitude dans les entrailles de la terre.

Il prenait un formidable risque. Mais il s'en fichait. La manière dont il comptait procéder, une fois sur les lieux, ne l'effleura pas une seconde. Il était mû par un élan passionné. Il était baigné par une flamme sublimée de vérité. Martix procédait par étapes. Sans chercher plus loin. Tous ses actes depuis l'évasion étaient portés par un rythme identique, la même cadence. Celle d'un homme pressé de vivre. Sur place il aviserait.

Quand le décor de la cité apparût, il ne cilla même pas. Ni peine, ni joie, ni même appréhension. Sa fougue avait piétiné ses sentiments. Il se sentait supérieur à tous ces automates. Il était invincible. Il envisageait même de se battre puisque cela semblait inéluctable. L'action le prenait à la gorge. Et se tenir debout, revenir vainqueur et conquérant dans sa cité, avait cassé définitivement son maintien psychologique. Il n'avait plus peur. Il découvrait un autre monde. Martix l'humain n'avait plus les mêmes yeux, les mêmes valeurs.

Le premier obstacle à franchir était la paroi protectrice. Mais sur la carte en face de chaque nom de cité il y avait inscrit un code établi sur les mêmes préceptes que celui qui avait été le sien durant toutes ces années d'esclavage. Il tapa les mots clefs sur le clavier manuel et il survola au ralenti la coupole. Un passage s'ouvrit délimité par les rayons jaunes de bienvenue. Rien n'avait changé. Ainsi, ceux qui avaient fabriqué cet engin militaire étaient les mêmes qui avaient imaginé et crée les parties mécaniques de tous ses frères.
Il prit la direction de la forêt des plaisirs. En rasant le toit de son ancienne tour, il eut une pensée émue. L'emplacement de son cellulo sédentaire était occupé.

Martix tourna lentement autour puis craignant de se faire intercepter par une attitude suspecte, il s'éloigna rapidement. Il était évident que ce petit cellulo ne dérangeait personne.
Lorsqu'il n'y avait plus rien à espérer l'humain marquait le pas de sa supériorité sur l'animal. Dans un dernier coup de rein il lui arrivait de se sauver ou de surseoir, quelques instants, à sa fin tragique.
Martix était de cette trempe.
Il eut brusquement la vision de ce qu'il devait entreprendre. Il vira dans la même seconde et fonça en direction de l'hôpital concepteur.

Le cellulo militaire codifia automatiquement l'entrée du dôme de l'hôpital et atterrit en douceur devant le bâtiment principal sans même tenter une approche plus discrète. Aussitôt il sauta sur le sol. Debout bien campé, les armes calées dans le creux de ses mains, paré à toute éventualité, il se tint immobile. Image déterminée face à l'énormité de l'hôpital. Il fit un pas en avant.

Un siège se dirigea rapidement vers lui. D'après la couleur blanche de la peau protectrice il reconnut un infirmier. Celui-ci stoppa. Martix par son allure martiale, provocatrice, avait de quoi frapper l'imagination. Il put lire la stupéfaction sur le visage de ce jeune homme. Ils communiquèrent par télépathie.

- Te souviens-tu de moi l'ami ? Je suis Martix. Ton professeur d'histoire. Toi tu t'appelles Aliano. J'étais venu ici il y bien longtemps pour me faire soigner. Vous m'avez séparé de ma partie mécanique. Puis vous m'avez expédié dans un mouroir. Me reconnais-tu ?

- Oui ! Vous êtes Martix. Mais c'est impossible votre cycle de vie a cessé. Que vous est-il arrivé ? Que vous ont-ils fait pour être ainsi supplicié, debout ? Mon pauvre professeur…

Martix eut du mal à comprendre. Puis il éclata de rire. Son ancien élève le plaignait. Il lui répondit exalté :

- Ah non ! Je suis seul responsable de ma tenue volontaire. Je suis le seul homme libre de cette cité. Et je connais le bonheur suprême de l'amour de chair. Je viens pour te libérer de ta partie mécanique. Tu peux vivre sans elle. Les sensations que tu découvriras seront merveilleuses. Écoute-moi. C'est la vérité. La preuve est là. Regarde-moi comme je suis fort et souple. La machine n'est qu'un abrutissement de l'esprit. Elle n'est qu'un instrument pour nous asservir hypocritement. Elle ne fait pas partie de nous-même comme certains veulent nous l'inculquer dès notre venue dans ce monde froid. Regarde-moi bien Aliano ! Cela fait maintenant très longtemps que je vis sans elle. Et je suis devenu plus fort. Plus heureux. Surtout plus heureux...

L'infirmier n'entendit rien à ce discours. Au contraire il s'affola.

- Ce sont des propos subversifs. Je n'ai pas le droit de vous écouter.

Dans une confusion extrême il prit la fuite.

Martix haussa les épaules. Puis il s'enfonça dans cet immense bâtiment qui ressemblait davantage à une forteresse qu'à un

hôpital. Cette énorme bâtisse était le ventre mère de la cité. Ce ventre qui produisait des enfants mi-homme, mi-machine. A l'époque des temps anciens et oubliés les femmes fabriquaient leurs progénitures. Il y avait un mot pour cela, songea-t-il. Mais il ne s'en souvenait plus. Il l'avait lu dans un livre qu'il n'avait pas eu le droit de consulter. Dans l'enfer d'une bibliothèque où il avait porté un document à un supérieur pressé. Un livre oublié qui traînait sur une table...
Depuis combien de temps l'hôpital concepteur fonctionnait-il ?

L'alerte fut propagée instantanément. Et les Douze apprirent sa présence. Ceux-ci, cloués sur leur siège, établirent aussitôt le contact avec les autorités chargées de maintenir l'ordre.
Quand les policiers arrivèrent sur les lieux, Martix était déjà reparti. Il avait fait sacrément vite. C'était assez surprenant. Ils fouillèrent l'hôpital concepteur et ses alentours mais il resta introuvable. Alors ils élargirent les recherches.
Les bureaux, les cellulos sédentaires et mobiles, tous les lieux publics, chaque recoin de la forêt des plaisirs, chaque sous-sol furent fouillés. Les écrans restèrent vides. Rien non plus dans le ciel. Les esprits étaient troublés. Les détecteurs n'avaient rien décelé avant son apparition subite devant l'hôpital. Comment avait-il fait pour pénétrer dans la cité ?

La police se posait des questions. Mais elle était habituée aux mystères. En outre l'ordre public étant rarement troublé elle n'était pas souvent sollicitée. Elle manquait donc de vigilance...
Les manifestations de citoyens étaient inexistantes. La cité était un véritable modèle du genre. Chacun à sa place. Et chacun sa tâche.
L'infirmier était formel. Le directeur de la police n'en revenait pas. Martix se déplaçait dans un étrange petit appareil volant. Comment avait-il fait pour passer la protection magnétique sans sa partie mécanique ?
Le haut responsable de l'hôpital concepteur fulminait face à des officiers réglementairement figés sur leur partie mécanique. Ce minable professeur d'histoire avait appris à marcher. Ce qui

était le comble de la stupidité. Mais à y réfléchir peut-être pas tant que ça !

Les Douze décidèrent alors de se réunir.
Installés dans leurs fauteuils ils rejoignirent rapidement la salle des Décisions. Ils ordonnèrent que nul ne les dérange. Les portes furent fermées hermétiquement. Les écrans de contrôle coupés.
Ensuite dans un élan commun, quand ils furent certains d'être à l'abri des indiscrétions, ils se levèrent d'un seul mouvement en poussant des exclamations de soulagement. Ils savaient tous marcher...
Ils entreprirent immédiatement de se dégourdir les jambes. Le plus grand par la taille prit aussitôt la parole.
- Il sait ! Et il utilise un petit engin qui ressemble fort à ceux de nos soldats lorsqu'ils sont en mission. Il a vraisemblablement découvert le Transporteur qui s'est écrasé, il y a quelque temps, et que nous n'avons pas retrouvé tant cette forêt est immense et pourrie.
- Oui ! Mais cela ne nous dit pas ce qu'il est allé faire à l'hôpital, répondit un homme replet avec un visage d'une blancheur déconcertante. Comment a-t-il pu se soustraire à son déclassement ? Il devrait être mort. Ces appareils fonctionnent-ils toujours aussi bien ?
- Il existe des lacunes, répondit un autre. Je l'ai toujours dit ! Pourquoi ne trouve-t-on pas autre chose de plus expéditif pour le déclassement ?
- La religion, mon cher collègue ! répondit celui qui s'était levé le premier. Cette religion inventé par nos soins pour que la cité marche droit. Nous avons donné trop d'autonomie à nos prêtres. Ce sont eux qui poussent aujourd'hui pour que ce déclassement ne ressemble pas à ce qu'il doit être. Une peine de mort efficace et rapide pour la chienlit ! L'extermination de ceux qui veulent nous nuire. Comme ce prêtre Seynod ! Nous avons bien fait de nous en débarrasser. Mais nous ne devons pas en rester là !
- Moi, observa un autre, je sais, en ce qui concerne sa visite à l'hôpital, qu'il a tué un gardien. Et qu'il est resté un moment enfermé dans la salle des visions. Il a certainement découvert la

vérité. La police m'a signalé qu'il a emporté un dossier optique qui le concernait.

- Rien n'est sûr ! répliqua un jeune nonagénaire dont les joues creusées contrastaient singulièrement avec l'opulence de son ventre.

- Il est extrêmement intelligent. Il a survécu et appris seul à marcher, à courir et à tuer aussi. Il est en possession d'armes. Il peut faire beaucoup de dégâts. Il faut le stopper. Les habitants de la cité vont bientôt se poser des questions. Pourquoi les écrans n'ont-ils rien montré ?

- Ne soyez pas idiot ! Puisqu'il circule avec un de nos engins indétectable par la police. C'est pour cette raison qu'il faut agir vite.

- Oui, mais comment ?

Le plus grand, celui qui avait l'air d'en imposer le plus, fit un geste de la main pour interrompre la conversation. Il avait besoin de se concentrer. Il recevait un message par télépathie. Les autres tournés vers lui attendaient anxieux.

- On nous informe que nous venons de retrouver un cellulo vidé de son occupant.

- Qui est-ce ? demandèrent-ils en même temps.

- Une certaine Manaella. Il l'a enlevée. Il faut absolument les retrouver. Les reconduire à l'hôpital concepteur. Les soustraire aux regard curieux de la population.

- Ils ne sont plus dans la cité. J'en suis certain maintenant, commenta le vénérable vieillard à la tête blanche. Vous savez bien que ces engins ont été crées spécialement pour nos propres déplacements. Pour assurer la liaison avec les nôtres. Ces appareils ne restent jamais ici. Ils rejoignent les vaisseaux qui stationnent en permanence derrière la Lune.

- Le problème est simple. Nous devons alerter le commandant de la flotte. Qu'il nous envoie un commando !

- Oui mais le temps qu'il arrive et nos deux fuyards seront déjà cachés dans cette forêt maudite.

- Je ne suis pas certain, répliqua le plus grand, que faire appel à l'armée soit une aussi bonne idée. C'est avouer purement notre incapacité à gérer la situation. Songez Messieurs, que nous avons fait plus de la moitié de notre temps ici. Nous serons bientôt relevés de notre fonction. Ensuite, suivant le contrat que nous avons tous signé, nous aurons droit à une retraite riche et anticipée sur un vaisseau de croisière. Vous voulez abandonner tout ça pour un individu qui risque de se faire dévorer par une bestiole. Sans compter que l'air n'est pas non plus ce qu'il y a de plus pur. Les maladies grouillent à l'extérieur.

Un autre reprit.
- Il a sans doute raison... De toute façon les cités perdues sont peu nombreuses. Même si ce Martix en trouve une, lui et son amie seront noyés par ses habitants. Ces foules sur lesquelles nous avons expérimenté le mode de vie de nos cités , ces villes qui sont abandonnées à elles-mêmes, je n'imagine même pas comment est la vie dans ces poubelles géantes et contaminées. En outre comment feront-ils pour y pénétrer puisque elles sont closes ? C'est cette engeance de prêtres qui est responsable de tout cela. Ce sont eux qui ont voté pour qu'elles fonctionnent encore. Toujours au nom de cette sacro-sainte morale. Pourquoi conserver ces vermines, ces déchets de l'humanité ? On aurait dû les détruire. Comme nous avons fait avec ces sauvages qui avaient survécu aux conflits !
- La motivation de cet homme, qu'en faite-vous ? reprit celui qui désirait prévenir l'armée. Cette rage qu'il a ! Il est d'une trempe exceptionnelle. Il est malin et très robuste. Sans doute même davantage. Vous avez étudié comme moi ses origines. Allons, messieurs, ne soyons pas dupe. Nous savons tous... qui il est !

Personne ne répondit.
Puis ils rejoignirent leur fauteuil respectif. Ils votèrent pour arrêter les recherches. Onze voix répondirent oui. Une seule non. Pour la forme ils ordonnèrent que la ville soit une dernière fois fouillée. Parmi la vingtaine de cités officielles, disséminées à la surface de la planète, Massie était la plus évoluée, la plus sûre aussi. La police et l'armée ne pénétraient jamais dans les villes interdites. Les cellulos se contentaient de les survoler

rapidement et d'expédier des rapports insipides que les Douze classaient avant de les expédier à la mère patrie.
Et la vie reprit son quotidien.

Manaella n'avait pas voulu suivre Martix. Il avait profité de la panique qu'il avait semée pour la rejoindre secrètement sur son lieu de travail. Il avait eu beau lui venter les vertus de la liberté et celles de l'amour, la jouissance que procurait la marche, ce fort sentiment de supériorité qui en résultait, et les révélations extraordinaires sur leurs origines, elle était restée muette .
A bout d'arguments, voyant que le temps lui échappait, Martix l'avait enlevée.
Celui-ci avait changé d'état d'esprit depuis qu'il savait. Pour la première fois depuis son évasion il craignait de perdre la vie. Dans cette glisse furieuse vers un avenir incertain, il désirait maintenant mettre un frein. Tout était différent. Ce qu'il avait découvert le poussait vers un objectif nouveau. Après le mot « révolution » un autre qu'il connaissait pourtant lui apparut sous un jour différent. C'était le mot « devoir ».

Son premier réflexe avait été de sauver la personne qui lui était la plus chère au monde. C'était la raison de sa visite chez son ancienne amie. Ce qui avait motivé son attitude décidée. Il était certain de ne pas se tromper. Il n'avait eu aucun scrupule à employer la force. Il savait que bientôt elle le remercierait.
Il avait piloté son engin à travers les nuages et les collines en espérant que la police ne possédait pas d'appareils sophistiqués capables de les détruire en vol, d'une manière foudroyante et imprévisible. Quand il avait aperçu les restes du Transporteur, il s'était décontracté et il avait enfin savouré cette victoire.
Sans tarder, Martix avait démonté l'appareil et tout chargé dans le vieux cellulo qui était nettement plus vaste. Il avait entassé aussi des vivres et des armes. Pour accomplir son projet. Et se défendre si besoin était.
Manaella délivrée de ses liens, attendait. Elle était prostrée sur un matelas de mousse qu'il avait confectionné rapidement. La pauvre malheureuse ne risquait pas de fuir. Elle ne savait bien évidemment pas marcher. Sa frayeur était à son paroxysme. Et

elle pleurait abondamment reniflant par intervalles réguliers. Martix avait tenté de la rassurer mais dans l'heure il y avait trop de choses à préparer pour s'apitoyer.

Il travailla comme un forcené. Et tel Robinson le héros barbare qu'il avait tant aimé étudiant, il vida de sa substantifique moelle le ventre de ce cargo. Tout était utile ! Malheureusement il devait choisir. Il y avait trop de matériel à emporter.
Le soir tomba enfin et le vent balaya les arbres qui frémirent de plaisir. Manaella épuisée par cette journée où elle avait touché le fond de son angoisse s'était endormie.
Quand elle se réveilla le lendemain matin, elle n'était plus sur la mousse. Mais allongée sur une couche plus confortable, à l'abri d'une petite cabane. Elle était seule. Elle tira sur son cou pour regarder la fenêtre qui s'ouvrait sur un ciel bleu immaculé. Elle vit le sommet d'une immense montagne.
La porte s'ouvrit dans un grincement aigu.
La lumière inonda davantage la pièce. Dans l'entrebâillement elle se heurta au paysage magnifique et sauvage que dessinait l'espace derrière la silhouette rieuse de Martix. Elle respirait depuis la veille l'air de l'extérieur. Cet air pollué depuis des siècles. Elle le croyait sincèrement. Martix lut dans ses pensées.
- Il est excellent cet air. Regarde-moi ! Ai-je l'air malade ?

Elle secoua la tête. Martix la dévisageait et la couvrait toujours d'un sourire confiant. Il était beau et différent. C'était un autre homme qu'elle avait devant elle. Un homme qui l'attirait mais qui lui faisait encore peur.
Il avait profité de son sommeil pour visiter son esprit. Il lui avait insufflé le détail de ses aventures. Pensée après pensée. Elle avait résisté. Mais à la longue, son inconscient avait tout accepté.
Manaella était réveillée et pleinement dans la réalité. Elle lui demanda de s'asseoir. Une foule de questions lui brûlait les lèvres. Il lui expliqua tout ce qu'il savait. Tout ce qu'il avait deviné.
Il avait pris conscience de son autonomie peu de temps après le premier incident de sa mécanique. Quand le programme s'était

révolté. Quand son esprit n'avait plus été en phase avec la supra électronique. Quand il avait entendu ce mot terrible et magique « révolution ». Ensuite tout n'avait été que déduction.

L'émotion issue des ces ultimes et terribles informations était passée. L'idée nouvelle digérée.
Les Douze savaient marcher.
Docteurs, ingénieurs, administrateurs et autres, ils étaient les gérants d'une prison laboratoire : la Terre. Où les réfractaires, les malades, c'est-à-dire ceux qui n'obéissaient pas étaient éliminés. Massie n'était qu'un site pour l'étude précise d'un genre humain nouveau. Sous le couvert d'une usine et d'un hôpital les savants de la colonie cherchaient à mettre au point le robot mi-homme mi-machine capable d'aller plus loin dans leur exploration spatiale.
Contrairement à la population des villes interdites livrées à elles-mêmes, Massie et les autres cités modèles avaient donc droit aux plus grands égards
Les nantis ne vivaient plus sur terre depuis des lustres. Elle n'était plus à leur goût. Trop abîmée. Empoisonnée. Souillée.
Ils avaient édifié des paradis aux quatre coins de l'espace. Ainsi que sur la Lune qui n'était nullement abandonnée comme ils se plaisaient à le faire croire. Qui pouvait apercevoir de la terre les villas et les palais enfouis sous le sol rocailleux ? Le progrès avait été phénoménal, exponentiel. Les villes volantes étaient devenues des perfections de confort et de beauté. Où le prix à payer était celui de la réglementation de l'évolution de la population.

Les places étaient limitées dans ces paradis. Le développement d'un enfant dans le ventre de sa mère était sévèrement étudié. Le bébé qui ne répondait pas aux critères était dirigé vers une de ces cités modèles terrestre. Quant aux autres, les assassins, les orphelins, les contaminés, les infirmes, les contestataires, les poètes, les récalcitrants, les politiciens lucides, les humanistes et les savants éclairés, les obsédés sexuels ou prétendus tels, enfin ceux qui constituaient un danger réel avaient constitué l'immense panoplie des villes interdites. D'immenses viviers où les nantis, ceux qui détenaient richesse et pouvoir, puisaient régulièrement une main d'œuvre soumise ainsi que des esclaves pour les vaisseaux de croisière.

La loi était stricte. Les divergents sévèrement réprimés. Malgré cela, un conflit avait éclaté une trentaine d'années auparavant. Il s'était trouvé un groupe de meneurs belliqueux pour soutenir que la Terre pouvait être de nouveau habitée. La planète n'était pas aussi détériorée que les autorités le prétendaient. Dans certains endroits l'air y était parfaitement respirable.

Ceux qui avaient affirmé une pareille idée, un bon millier de dissidents, avaient été arrêtés et envoyés sur cette terre dont ils se réclamaient, mais pour y subir une peine d'emprisonnement à vie. Les enfants de ces gens avaient subi le même sort. A la différence, les plus jeunes, âgés tout au plus d'un an ou deux, avaient été expédiés dans la cité expérimentale de Massie.
Manaella posa la question.
- Et toi, qui es-tu ?
- Le fils d'un révolutionnaire. Il a été un des leaders de la révolte. Je suis né juste avant les événements troubles qui ont précédé son arrestation. Ma mère n'a pas eu le temps de me mettre à l'abri. Elle a été trahie par un membre du groupe. Elle et mon père furent soumis à la question télépathique. Le réseau fut complètement démantelé. Les membres furent déportés. Les nouveaux-nés dont je faisais aussi partie furent acheminés vers l'hôpital concepteur de Massie. Et les enfants plus âgés vers d'autres cités.
- C'est affolant ! Mais alors qui dirige cette nation ?
- Je ne sais pas ! Il faudrait questionner les Douze. Mais pour l'instant nous avons autre chose à faire ?
- Quoi donc ?
- Vivre. Vivre tout simplement. Essayer de trouver un coin tranquille. S'éloigner de cette farce monumentale et attendre.
- Attendre quoi ?
- Que nos enfants grandissent !

Doucement Martix l'attira contre sa poitrine et la serra dans ses bras. Il était évident que le contact d'une autre peau, d'un autre corps contre le sien était une épreuve difficile. Il en était passé par-là. Aussi il savait combien il était important de faire ce geste. Malgré sa réticence elle se laissa faire.
Il y aurait d'autres caresses plus intenses. Il n'y avait aucun autre chemin pour accéder à la félicitée.

Ils restèrent collés l'un à l'autre comme deux tiges entrelacées d'un lierre. Le temps arrêta sa marche. Le fond de l'air était doux. La musique des feuilles à l'unisson du charme éphémère se cristallisait autour d'eux. Quand il sentit que les battements de son cœur étaient à l'unisson de Manaella, Martix effleura ses lèvres du bout de son index. Il lui chuchota des mots nouveaux et elle en oublia une partie de sa réserve.
Ces mots étaient aussi vieux que le monde. Ils étaient magiques et ils n'étaient plus défendus. Des mots d'amour qui poussaient les êtres à déplacer des planètes, à braver tous les dangers, à se convaincre que le paradis n'était pas forcément qu'une simple question de confort, de robots et de plaisirs surfaits.
Ils étaient libres. Pour le moment.
La révolution était en marche.

FIN